활자를 먹는 그림책....................

　　　　　　　그날 아침 날씨는 종잡을
수 없었다. 비가 오다 해가 나다 다시 먹구름이 몰려드는 것이
되풀이됐다. W출판사 편집부의 S는 사무실 문을 박차고 들어오
며 투덜거렸다.

"이런, 이제 서울은 아열대가 되는 건가?"

사무실 직원들이 한꺼번에 S를 돌아봤다. 그들의 얼굴은 창백했
다. 험악한 날씨 탓이라고 보기엔 분위기가 심상치 않았다. S는
십수 년의 직장생활에서 얻은 직감으로 사고가 터졌다는 걸 알
았다.

"뭐야, 말해봐. 이번엔 또 누구야, 얼마나 다시 찍어야 되는데?"

한 직원이 쭈뼛거리며 옆사람의 어깨를 툭툭 쳤다. 총대를 멘
그녀가 입을 뗐다.

"저… 시중에 깔린 그림책에서… 글자가 사라지고 있어요."

종로의 대형 서점에 들어서자마자 S는 어린이책 코너를 찾았다. 그림책 섹션의 그림책들을 하나씩 펼쳐보고 던지는 S에게 서점의 안내원이 다가와 더듬거리며 설명했다.

"손님, 저… 요즘 그림책들은… 아동의 상상력 고양을 위해 가급적 글은 생략하고 있답니다…"

S는 중언부언하는 안내원을 뒤로한 채 성큼성큼 계단을 뛰어올랐다.

'제길, 이런 날이 올 줄은 알았지만, 너무 빠르잖아.'

커피 전문점의 창가 자리에 앉아 담배를 피우고 있는데 전화가 왔다. S의 전담작가 중 하나였다.

"이봐요, S부장. 이거 너무한 거 아냐?"

작가는 다짜고짜 고함을 쳤다.

"내가 그 양반이 일러스트 한다 그랬을 때 반대하긴 했지만, 서로 양보할 건 양보하고 조정할 건 조정해서 잘 끝낸 책 아뇨! 근데 그림만 넣어서 풀어? 지금 나 엿 먹이는 거야?"

S는 설명을 하려다 그냥 전화를 끊었다. 그리고 배터리를 빼버렸다. 갈 데가 있었다.

일러스트레이터 K의 오피스텔 문 앞엔 이름을 알 수 없는 덩굴 식물들이 어지럽게 뒤엉켜 있었다. 초인종을 찾기도 힘들었다. 문을 두드리자 저 깊은 곳에서 목소리가 들려왔다.

"여기요, 여기. 재주껏 들어와요."

문을 열고 밀림과도 같은 덩굴과 나뭇가지들을 뚫고서야 작업용 책상에 앉은 K를 볼 수 있었다.

"무슨 일로 왔는지 알아요. 내가 먼저 찾아가려고 했는데 보시다시피."

K의 책상과 하체는 이미 덩굴과 완전히 하나가 되어 있었다. K의 작업대 위엔 그가 그리다 만 아마존 정글 그림이 사납게 꿈틀거리고 있었다.

거리로 나온 S의 옆으로 누군가 쏜살같이 뛰어갔다. 또 다른 화
백 M이었다. S는 황급히 그를 좇아 뛰었다. 달리면서 물었다.
"어떻게 된 거요?"
M이 힐끔 쳐다보더니 헐떡이며 대답했다.
"내가 그린 벌떼가 쫓아오고 있어!"
뒤를 돌아보니 잉크 자국 같은 무수한 점들이 그들을 뒤쫓고 있
었다.
"다음 달 말쯤 다시 연락하리다!!!"
M과 벌떼는 모퉁이를 지나 사라졌고 S는 헉헉거리며 바닥에 주
저앉았다.

한강 둔치에서 S는 비밀리에 원로삽화가 Q와 만났다. 강물을
바라보며 Q가 말했다.

"오래전부터 그림책의 그림들은, 저희들이 제대로 대접받지 못
한다고 불평해왔다는 거 알잖아. 아무리 아니라고 해도, 지들이
언제나 글 뒤치다꺼리나 하는 게 아니냐고 투덜거렸지. 그림에
맞춰 글을 써야 한다고, 아이들은 글보단 그림을 훨씬 더 좋아
한다고, 글 따위 없어도 그림만으로 충분히 멋진 책을 만들 수
있다고, 늘상 주장해왔잖아. 이제 그림들 스스로가 그날을 앞당
겼을 뿐이야. 활자를 잡아먹는 그림책이란, 이제 우리의 손을
떠난 일이라구."

S와 Q는 소주잔을 기울이며 다가올 새해의 그림책 시장에 대해
얘길 나누고 있었다. 그들이 모르는 사이 그들 뒤로 슬금슬금
풀밭 그림이 다가왔다. 이제 이곳 역시 그림 만   나 ㅁ ㅇ ＿
ㄹ ㅅ . .   . ..

ㅁ

지문사냥꾼 © 이적, 2005 저자와 맺은 특약에 따라 검인을 생략합니다.

초판   1쇄 발행 2005년 5월 15일
초판 49쇄 발행 2025년 11월 17일

지은이 이적 ｜ 발행인 윤승현 ｜ 단행본사업본부장 신동해
편집장 정다이 ｜ 교정 조선경
일러스트 이관용 ｜ 표지 및 본문 디자인 오진경
마케팅 최혜진 강효경 ｜ 제작 정석훈 ｜ 국제업무 김은정 김지민

펴낸곳 ㈜웅진씽크빅 ｜ 출판신고 1980년 3월 29일 제406-2007-000046호

브랜드 웅진지식하우스 ｜ 주소 경기도 파주시 회동길 20
문의전화 031-956-7357(편집) 031-956-7088(마케팅)
홈페이지 www.wjbooks.co.kr
인스타그램 www.instagram.com/woongjin_readers
페이스북 www.facebook.com/woongjinreaders
블로그 blog.naver.com/wj_booking

이적의
적
상
몽 夢 想 笛
이야기

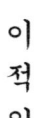

Fingerprint Hunter

지문
사냥꾼

웅진 지식하우스

음飮혈血인ㅅ간間
으로부터의 이메일

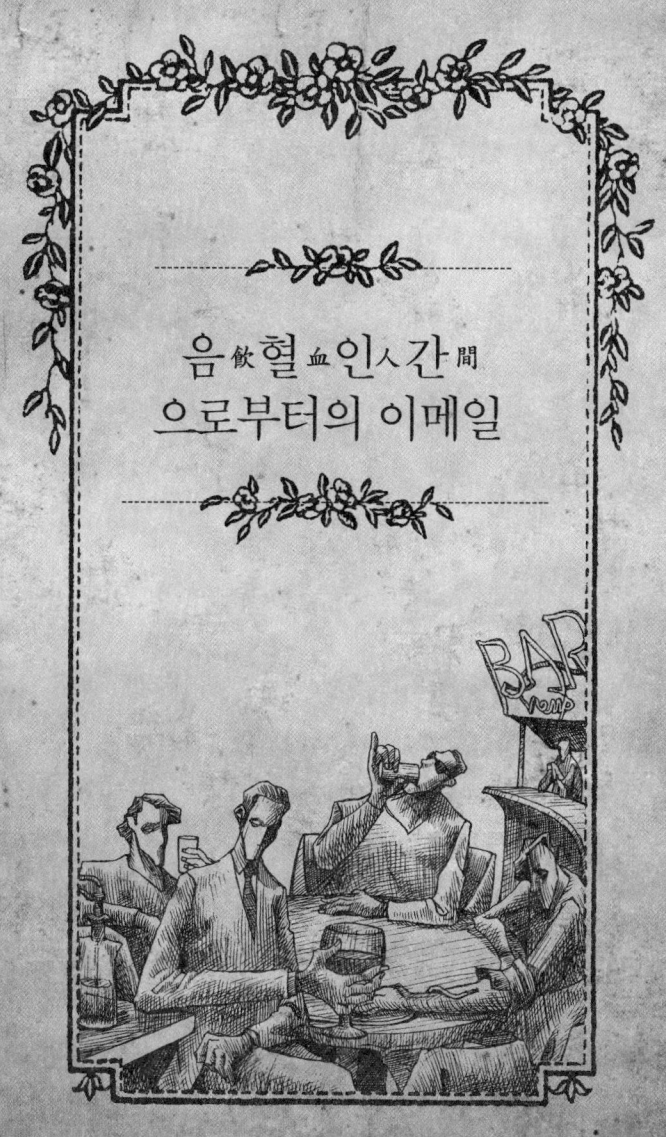

----------[받은 메일 내용]----------

> Title : ······

> Date : Tue, 11 Feb 2003 21:49:21 +0900 (KST)

> From : "그림자" ⟨bloodyblood@darkmail.net⟩

> To : "이적" ⟨leejuck@leejuck.com⟩

>

안녕하세요, 이적 씨. 당신의 음악에 관심을 가지던 차에, leejuck.com이란 사이트를 알게 되어 잘 보고 있습니다. 올리신 글들을 꾸준히 읽어보니, 당신이라면 저의 고민을 듣고 공감해 줄 듯하여 조심스레 첫 메일을 띄웁니다.

틀림없이 이상하게 들리겠지만, 저와 제 동료들은, 인간의 피를 마십니다. 정확히 말하자면, 우리는 피를 하루라도 마시지 않고는 생존할 수 없는 종류의 사람들입니다. 휴… 이 이야기를 털어놓고도 걱정이 앞서는군요. 어쩌면 당신도 '흡혈귀' 따위의 몹쓸 편견에 사로잡혀 있을지도 모르니까요. 당신이 이쯤에서 '미친놈…'이라 중얼거리며 메일을 삭제해버리지 않기만을 빌 뿐입니다.

우리는 어렸을 때부터 '흡혈귀'라는 이미지와 싸워왔습니다. 우리뿐만 아니라 우리의 선조들도 수백 년, 아니 수천 년간 그토록 부당하게 '사악하고' '악마적인' 사람들로 매도되는 것에 대항해왔습니다. 아시다시피 성과는 전무했지요. 그 때문에 지금까지 이렇게 비밀스럽고 비참하게 우리 자신을 부끄러워하며 살아야 하지요.

당신에게라도 외치고 싶습니다. 우리는 '흡혈귀(吸血鬼)'가 아닙니다. '鬼'가 아닐 뿐더러, '吸血'도 하지 않습니다. '흡혈' 이라는 것이 '영화에서처럼' 사람의 목에 이빨을 꽂고 피를 빨아대는 것이라면 말이죠. 물론 몇백 년 전까지 그런 행태가 간혹 존재했던 것만은 사실입니다. 우리의 선조들 중 일부는 무고한 행인들에게까지 피해를 주는 '범죄'를 반복했습니다. 하지만 18세기 이후로 그러한 강제흡혈 행위는 완전히 사라졌습니다. 정말입니다. 우리 역시 진화된 민주주의 체제 안에 살아가고 있는 시민들입니다. 어찌 보면, 이 시대에 우리처럼 남들을 의식하고 배려하며 살아가는 사람들도 드물 것입니다.

더군다나, 우리의 선조들 중 일부가 그러한 강제흡혈을 자행하던 시대를 돌이켜봅시다. 그때는 우리의 선조들뿐만 아니라 모든 인류가 '잔인했던' 시대입니다. 전쟁을 하면 목을 베고, 벤 목을 마을에 1년씩 걸어놓아 구더기가 끓는 것을 아이들이 까르르 웃으며 바라보던 시대. 죄인의 사지를 말에 묶고 찢어 죽이는 '능지처참'을 한양 한복판에서 가족용 쇼처럼 행하던 시대. 마녀랍시고 죄 없는 소녀들을 잡아 산 채로 불에 태워 죽이며, 믿음이 조금 다른 순교자들의 내장을 빼내고 손발톱을 뽑고 눈을 도려내던 시대. 그러한 인류 모두의 암흑 시대에 우리 선조들 중 일부가 저지른 잘못은 도리어 소박한 것일지도 모릅니다. 아, 물론 지금에 와서 그들을 옹호할 마음은 추호도 없지만 말입니다.

　얘기가 조금 다른 길로 샜군요. 지금 당신은 당연히 이러한 의문을 품게 되었을 테죠. '그렇다면 어떻게 인간의 피를 마시느냐?'라는… 부끄럽지만, 우리가 피를 공급받는 몇 가지 방법을 말씀드리죠. 우리의 현실을 있는 그대로 알려드리는 게 나을 듯합니다…

　첫째, 우리는 각종 병원들과 모종의 커넥션을 유지하고 있습니다. 혈액은행과는 막역한 사이지요. 당신이 집에서 우유나 요구르트를 배달받듯, 우리도 팩에 든 신선한 피를 공급받습니다. 물론 고도의 비밀 보안 장치하에 말이죠. 급히 수혈이 필요한 환자들에겐 미안한 일이지만, 고가의 비용으로 안전하고 위생적인 피를 공급받는 유일한 통로이기 때문에 쉽게 저버릴 수 없는 방법입니다.

둘째, 우리가 즐겨 찾는 바(bar) 혹은 카페가 국내에도 여러 곳 있습니다. 이곳에는 우리처럼 피를 마시려고 오는 사람들이 60~70%, 반면 피를 뽑혀주기 위해 오는 사람들이 30~40% 정도 됩니다. 놀랍지 않습니까. 세상엔 정말 별별 사람들이 다 있지요. 피를 뽑히려고 오는 사람들은 피를 뽑히며 천상의 쾌감과 만족감을 느낀다고 합니다. 요즘은 돈벌이 삼아 피를 뽑혀주는 젊은이들이 늘어 문제가 되고 있기도 합니다. 예전의 순수한 관계들에 비하면, 이제는 바 전체가 하나의 사창굴 혹은 쇼핑몰 같은 느낌을 주어 슬퍼집니다.

셋째, 집에서 피를 받아 마실 정도로 부유하지도 않고, 바나 카페 같은 공공장소에 나오기도 꺼리는 소심한 부류들은, 할

수 없이 다른 방법들을 이용합니다. 이들 중엔 같은 부류의
파트너와 한집에 살며 서로서로 상대방의 피를 마시는
경우도 있고, 간혹 스스로의 피를 마시는 경우도 있습
니다(비참한 노릇이지만). 또 어쩔 수 없이 가축
의 피로 대신하는 경우도 있지요. 그 밖의 다양
한 방법들을 다 상술할 순 없군요. 아, 혹자는 세
계의 전쟁터들을 찾아다니며 나름의 방식으로
피를 모은다는데, 이런 모험가들은 극히 드문 경
우에 속합니다. 따라서 저도 자세한 내막은 알지
못합니다.

이렇게 우리는 평화적으로 우리
의 생존을 지키기 위해 악전고투하고
있습니다. 우리를 동등한 인간으로 인
정해주길 바라는 마음으로, 그 어느
누구보다도 바르고 건실하게 살고
있다고 자부합니다. 그럼에도 불구하고,
아직도 사람들은 우리를 극도로 부정적인 시각으로

바라봅니다. 사람들이 우리에 대해 갖고 있는 잘못된 지식은 정말 놀라울 정도입니다.

이를테면, 동유럽의 옛날얘기나 듣고서, 우리가 십자가, 마늘 등을 끔찍이 무서워하고, 햇빛을 보면 온몸이 타들어간다는 식으로 믿는 사람들이 뜻밖에 정말 많습니다. 이런 옛이야기를 믿을 바엔 차라리 산타클로스나 스머프를 믿는 게 나을 텐데 말이죠. 굳이 답하자면, 우리 중엔 종교에 의지하는 사람들이 아주 많습니다(종교의 역할이 그런 것 아닌가요… 고단한 영혼에 안식을 주는… 물론 종교인들이 이 사실을 알면 심기가 불편하시겠지만…). 또한 식성에 따라 다르겠지만, 저 같은 경우 돼지고기와 함께 생마늘도 아주 즐겨 먹습니다. 마늘 냄새 싫어하는 서양사람들이야 마늘을 피하겠죠. 그리고 햇빛. 이거야말로 정말 난센스지요. 우리가 감광용 필름도 아닌 마당에, 화창한

햇살을 맞으면 기분
좋아지는 건 누구나
마찬가지 아닐까요.

　우리에 대한 편견 중 또 하나는, 우리가 항상
피에 굶주려 피 마실 궁리만 하고 다닐 거라는
생각입니다. 절대로 그렇지 않습니다. 우리 대부
분은 한국 사회의 평균치 이상으로 교육받고, 현재 각종 전
문직에 광범위하게 진출해 있습니다. 우리의 성향과 지적 능력
의 관계는 검증된 바 없지만, 틀림없이 강력한 연관이 있을 거
라고 확신합니다. 우리 중 다수가 고가의 의료용 혈액을 별 무
리 없이 고정적으로 구입할 수 있다는 건 그만큼의 경제력이 뒷
받침된다는 증거가 아니겠습니까. 지금 저 역시 대학에서 학생
들을 가르치고 있습니다만(벌이는 시원치 않아도) 대부분의 시
간을 연구와 강의 준비에 쏟지 멍하게 앉아 피 생각만 하고 있

는 게 아니란 말이죠. 백 배 양보하더라도 당신들이 일하면서 술 생각 떠올리는 것보다 훨씬 덜할 거라고 생각합니다.

가장 악질적인 소문은 바로, 우리가 '병'을 옮긴다는 근거 없는 루머입니다. '병'이 어떤 것을 말하는지는 잘 알고 계시리라 믿습니다. 상징에 의한 공격이 조금 시들해지면서, 이제는 마치 우리가 인류의 생존에 실질적인 위협이라도 되는 듯이 몰아붙이고 있습니다. 아까 말했듯이 17~18세기 이전의 강제흡혈 시대라면 모를까, 위에 나열한 방식으로 피를 섭취하는 시대에 이 무슨 말도 안 되는 마녀사냥이란 말입니까… 또한 우리의 성향이 '전염'된다는 생각 역시 완전히 잘못된 것입니다. 우리의 성향은 '운명적'으로 주어질지는 모르지만, 결코 '전염'되는 성질의 것이 아닙니다.

결국 우리가 원하는 것은 인류 안에 우리와 같은 존재가 항상 있어왔다는 것을 인정하고, 동등한 인격체로 보아주는 것뿐입니다. 우리가 다른 이들에게 피해를 주지 않는 이상, 이토록 손가락질받을 이유는 없다고 생각합니다. 단지 이렇게 태어났다

18

는 이유만으로 평생 자신을 숨기며 비밀이 탄로날까 두려워하며 살아야 하는 것이 얼마나 지옥 같은지는… 겪어보지 않은 당신들은 짐작도 할 수 없을 겁니다…

   글이 예정보다 길어졌군요… 사실 당신에게 이렇게 떠든다고 해서 문제가 해결될 리 없다는 걸 잘 알면서도, 무슨 말이라도 하지 않으면 안 될 것 같은 답답한 마음에 이렇게 메일을 보냅니다. 다소 흥분하여 두서없는 글이 된 것 진심으로 죄송스럽게 생각합니다만, 부디 이 메일, 우리의 목소리에 당신이라도 귀기울여주시길 빌겠습니다. 그리고 당신의 자리에서 당신의 목소리로 우리의 현실을 노래하는 것을 듣게 된다면 얼마나 반가울지 상상할 수도 없습니다… 이미 당신의 노래 중에 몇 곡은 의외의 방식으로 우리에게 작으나마 위로를 주었습니다. 당신이 의도했건 하지 않았건 간에. 우리도 언젠가 넓은 세상에 대고 '난 피를 마신다'라고 당당히 외칠 수 있는 날이 올 거라 믿습니다. 그러기 위해선 당신들보다 우리가 해야 할 일이 훨씬 더 많을 테지만.

오늘은 이만 줄이겠습니다. 답장은 감히 기대하지 않고 있지만, 만약 제 메일박스에서 당신의 답장을 발견하게 된다면, 저와 제 동료들은 잠시나마 무척 행복해질 것입니다.

그럼 안녕히… 건강하시길… 무지개가 흐르는 피여…

2003년 2월 11일
당신의 보이지 않는 그림자로부터

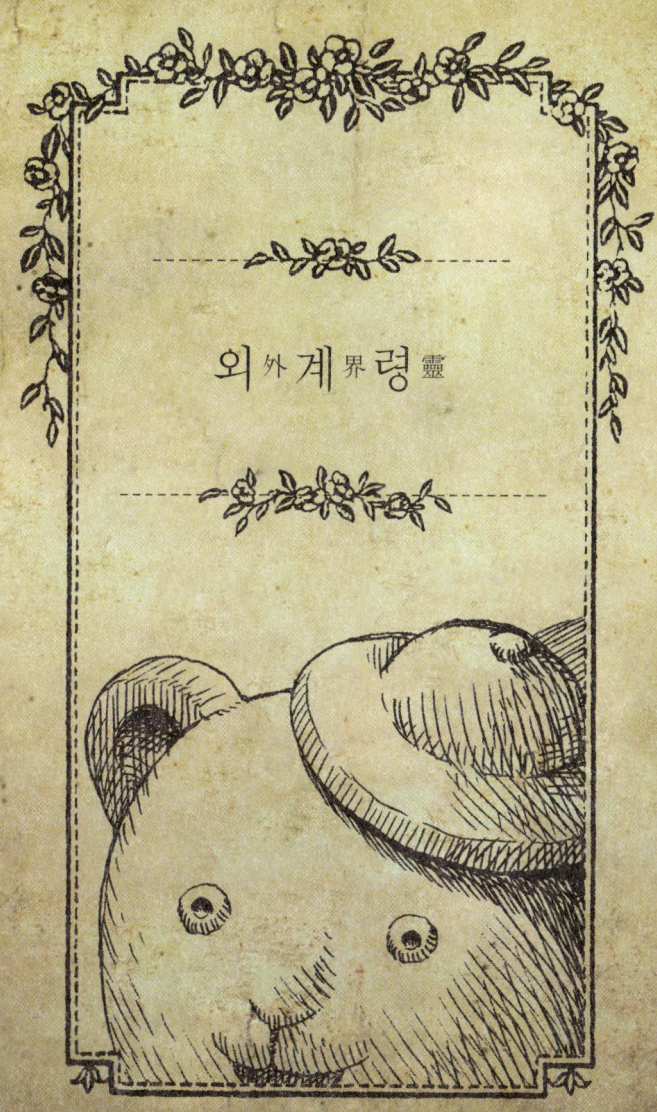

외^싸계^界령^靈

나도 알고 있다. 외계에서 온 생명체에 대해 우린 이제 너무 많이 안다는 것을. 한 인터넷 외계인 동호회의 통계에 의하면 작년 한 해 전 국민의 3분의 1가량이 외계생명체와 접촉했고, 그 중 24%는 그들의 모선으로 끌려가 각종 실험 혹은 수술의 대상이 되었다. 멀리 갈 것도 없이, 우리 앞집 사시는 장씨 아저씨는 충주호로 낚시를 떠났다가 외계인을 만났고 결국 그들에게 강간을 당해 임신을 하기에 이르렀다고 주장한다. 그의 주장이 방송에 소개되자 각종 매체에서 의학적 검증을 요구했는데, 어떤 산부인과 의사도 그에게서 임신의 징후를 찾아내지 못했다. 당연하다. 외계아(外界兒)는 자궁이 아니라 혈관 내에 착상되며, 임신기간은 120년에서 130년 정도 되기 때문에, 최소한 40년 정도 지날 때까진 어떠한 외적 징후도 나타나지 않는다. 불행히도 인간의 수명은 100년이 채 안 되기 때문에 아저씨는 결국 그 태아를 출산하지 못하고 죽게 될 것이며, 그 사실로 인해 매일 밤 "아가야 미안해, 엄마를(혹은 아빠를) 잘못 만나서…"라며 밤잠을 못 이루고 통곡하는 것이다. 라고 그는 나와 삼거리 치킨호프에서 술 마실 때마다 입버릇처럼 얘기한다.

이런 와중에 시답지 않은 외계 뭐시기에 대한 얘기를 덧붙이는 것은 어느 모로 보나 유행에 뒤떨어진 일 같다. 하지만 나로선 그에 대한 얘기를 하지 않을 수 없는데, 어쨌거나 이건 내게 실제로 일어난 일이고, 사실, 외계 뭐시기에 대한 사례 중 전대미문의 것으로 보여 내게 방송출연의 기회나, 뭐 까놓고 말하자면, 약간의 돈벌이 기회를 제공해줄 수도 있을 것 같기 때문이다.

자, 내게 찾아온 것은 외계령(外界靈)이다. 음. 이해한다. 조금은 낯선 존재일 것이다. 그래서 설명을 덧붙이려는 것이다. 외계령은 아무런 형체도 가지고 있지 않다. 그것은 순수한 스피

릿, 영의 형태로 존재한다. 그러니까, 눈에는 보이지 않지만, 분명히 존재하는 무언가라는 것이다. 이 영은 외계로부터 와서 지구와 지구생명체들을 탐구하려 한다. 내 생각에 이들은 육신의 형태로는 수백만 광년의 거리를 도저히 물리적으로 단시간에 여행할 수 없다는 것을 간파하고, 영의 형태로 지구에 도달한 것 같다. 그리고 어떤 알 수 없는 좌표 설정 과정에 따라 지금으로부터 4년 전 나의 집에 도착하고 만 것이다.

내가 처음 외계령의 존재를 인지한 것은 어느 가을날 오후였다. 베란다에 빨래를 널어놓고 돌아서는데 갑자기 검정 양말 하나가 뚝 하고 바닥으로 떨어졌다. 별생각 없이 다시 빨랫대에 걸어놓고 돌아서는 순간, 검정 양말이 이번엔 점프하듯이 휙 뛰어올라 거실 마루에 떨어졌다. 바람이 이리 부나, 중얼거리는 내 눈앞에서,

검정 양말은 엄청난 속도로 마루를 미끄러져 내 방 안으로 쏙 들어가버렸다. 아, 그때 내가 느낀 공포를 어떻게 말로 할 수 있을까. 그렇지만 난 두려움을 꾹꾹 누르고 양말을 뒤쫓아 방 안으로 뛰어들어갔다. 방으로 들어온 나를 본 검은 양말은 모퉁이에 처박히더니 바들바들 떨기 시작했다. 흠, 그렇게 센 놈 같진 않은데? 난 슬금슬금 양말을 압박하며 구석으로 다가갔다. 그리고 결정적인 틈을 타 양말을 콱 밟아버렸다. 순간 검정 양말에서 무언가 빠져나가는 듯한 느낌이 났고, 양말은 다시 평범한 젖은 양말로 돌아와 있었다.

두 번째로 외계령이 나타난 것은 그로부터 한 달쯤 뒤였다. 이번엔 내 호돌이 인형에 깃들었다. 어느 일요일 늦잠을 자고 있는데, 장식장에서 뭔가 바스락거리는 소리가 들렸다. 이상한 낌새를 눈치챈 나는 계속 자는 척하며

실눈을 뜨고 장식장을 슬쩍 엿보았다. 그곳에선 88올림픽을 앞
두고 아버지가 사주신 호돌이 인형이 유리문을 열고 나오려고
기를 쓰고 있었다. 난 직감적으로 지난번 그놈이 돌아왔단 걸
느꼈고, 이번엔 더욱 침착하게 조용히 일어나 장식장 유리문을
확 열어젖혔다. 중심을 잃은 호돌이 인형은 이불 위로 거꾸로
떨어졌다. 난 재빨리 인형의 두 귀를 잡아 그 영이 나가지 못하
게 했다. 그리고 친절한 말투로 소리쳤다.

　"가만히 있거라! 널 해치지 않아! 난 나쁜 놈이 아니야. 너도
나쁜 놈 같지 않으니, 진정해! 진정하면 그대로 놓아줄게."

　호돌이는 겁에 질려 파르르 떨다가 이내 사태를 파악한 듯 고
개를 끄덕였다. 나도 기분이 좋아져 찍어눌렀
던 두 손에 힘을 뺐다. 그리고 우리 둘은

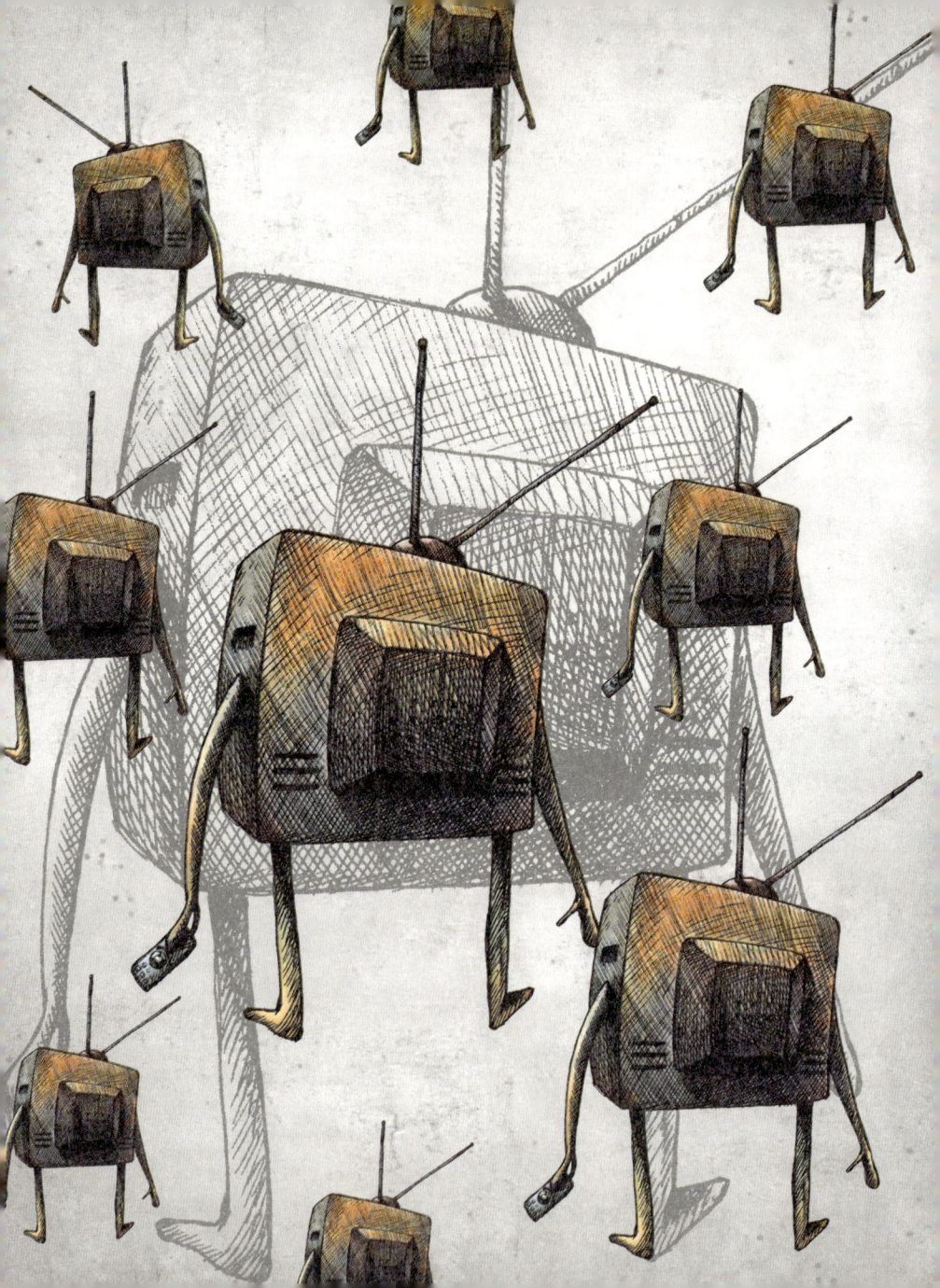

이불 위에 앉아 서로 마주 보며 두 시간 정도를
아무 말 없이 있었다.

　　　　외계령은 그때 내게 많은 얘기를 한 것 같
다. 아니, 어떤 소리를 낸 것은 아니다. 그렇다
고 TV에서 본 텔레파시처럼 내 머릿속에만 울리는 목소리가 들
렸던 것도 아니다. 외계령은 그런 식으로 대화하는 것 같지 않
았다. 다만, 내 마음속에, 그에 대한 정보들이 자연스럽게 떠오
르도록 도와주는 것 같았다. 그 두 시간 동안 난 외계령에 대해
많은 것을 알게 되었다. 무엇보다 그 영이 외계에서 온 것이라
는 점, 그리고 나와 이 지구에 대해 궁금한 점이 많다는
것을 알게 되었다. 그 밖엔 또, 음, 잘, 알아듣지 못했다.
어쨌거나, 나도 그 외계령에게 지구에 대해 무언가 가르쳐
주고 싶었지만, 나 자신 지구에 대해 전혀 아는 바가 없다는
것을 깨닫고 입을 다물었다. 그리고 두 시간 후 호돌이는 다
시 그냥 호돌이 인형으로 돌아와 있었다.

　　그 후에도 잊을 만하면 외계령은 내 집 안의 무언가에 깃들곤

29

했다. 몇 번은 TV 리모컨에 들어왔는지 제멋대로 채널이 돌아
갔다. 난 외계령이 그러한 방식을 통해 지구인의 문화와 역사에
대해서 학습하려 한다는 걸 알아챘기 때문에 그대로 내버려두
었다. 컴퓨터가 갑자기 다운되거나 인터넷이 순간적으로 멈춰
버릴 때도 난 외계령이 모종의 연구와 실험을 행하고 있다는 걸
감지하고 기꺼이 자리를 피해줬다. 우린 점점 익숙해졌고, 마치
한가족처럼 말하지 않아도 서로의 마음을 아는 사이가 되었다.
이제 펜이나 가위가 있어야 할 자리에 없다거나 즐겨 입던 티셔
츠가 갑자기 사라졌다 해도 난 전혀 놀라지 않는다.

　외계령은 언젠가 자신의 고향으로 돌아갈 것이다. 난 외계령
이 집으로 돌아갔을 때 어떤 모습일까 그려보곤 한다. 잘생긴
청년일까, 혹은 우아한 여인일까. 아니면 영화에 나오는 에일리
언들처럼 흉물스러운 모습일까. 어쩌면 그곳에서도 영의 형태
로 이런저런 무생물에 깃들어 살아가는 것일지도 모른다. 외
계령이 생명체에 깃들어 그것을 조종하지 않는다는 사실은, 그
만큼 그들이 문명화되어 타 종족의 생존권을 존중한다는 의미
일 것이다. 당연히 외계령의 세계는 무척이나 예의바르고 평화

로울 것 같다.

　　다음엔 외계령이 내 집 안의 어디에 깃들지 모르겠다. 그리고 내가 발견하지 못하는 동안엔 그 영이 어디에 머물고 있는지도 모르겠다. 어쩌면 수도배관이나 전기배선에 들어가 기력을 보충하는지도 모르지. 선풍기나 김치냉장고로 들어가 더위를 식히고 있을지도 모르겠다. 어쨌든 약속한다. 다음에 외계령이 또 나타났을 땐, 여러분이 볼 수 있도록 꼭 방송국 카메라를 부르겠다. 한데 한 가지 걱정되는 것이 있다. 외계령이 워낙 예민해서 낯선 사람들이 들이닥치면 금세 어딘가로 도망쳐버릴지도 모른다는 점이다. 설혹 그렇게 되더라도 외계령에 대한 나의 이야기는 추호도 거짓이 없는 진실이라는 것은 믿어주기 바란다. 나도 솔직히 외계아를 임신했다는 앞집 아저씨의 측은한 얘기는 믿지 않지만, 맹세하건대, 내 얘기는 진실이다. 단지 카메라에 담거나 과학적으로 증명하기가 조금 힘들 뿐이다. 여러분이 끝내 내 얘기를 믿지 않는다면, 돈벌이가 되고 안 되고와 상관없이, 난 조금 더 외로워질 것이다.

제불찰 씨 이야기

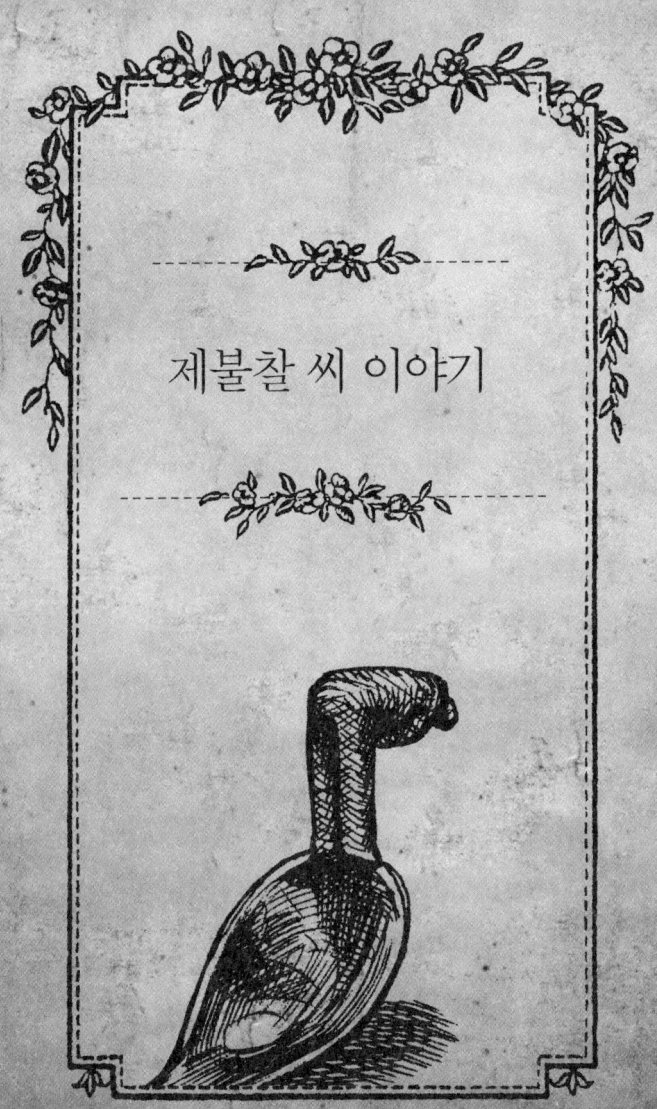

프롤로그

한갓 이구소제사(耳垢掃除士)에 불과했던 제불찰 씨가 영광스럽게도, 작지만 견실한 우리 동네 지역신문의 〈나 원 참 별… 이런 일도?〉난을 장식한 것은 놀라운 일이다. 그의 낡고 추하며 동시에 기념비적인 삶이 지니는 무게가 신라면 두 박스의 그것보다 더한지 아닌지에 대한 격렬한 논의는 차치하고서라도(나와 함께 이 논쟁을 이끌었던 주인공인 우리 동네 백수들은 결국 소주 열두 병과 맥주 스물한 병이 그날 혼란의 원인이었다고 시인했다), 어쨌든 그의 죽음이 최소한 서른 명 이상의 익명의 독자들에게 주목되었다는 것은 분명하니까.

1

초등학교 3학년 시절, 학교 앞 문구점에서 얼떨결에 집어온 유리구슬 한 봉지로 인해 처음이자 마지막으로 아이들의 관심 어린 시선을 받았을 때의 환희를 평생 동안 잊지 못했던 제씨는, 인생의 황금기였던 그 시절의 영광을 재현하고자 일평생 매진했다. 누군가, 한 사람만이라도 그에게 다시 한 번 눈을 맞추고 진심으로 축복을 빌어준다면, 그 사람을 위해 모든 걸 바치고 말리라고 몇 번이나 다짐할 정도였으니 말이다. 물론 그 '모든 것'에 그가 아끼던 허리띠와 도자기 저금통, 그리고 초대형 스파이더맨 브로마이드 등 수십 가지는 제외된다는 단서가 붙긴 했지만.

이런 제씨의 강철 같은 각오와 다짐 그리고 기다림에도 불구하고, 기적 같은 일은 쉽게 일어나지 않았다. 독자들도 잘 알다시피, 이 세계에서 누군가가 누군가에게 눈을 맞추고 동시에 축복을 빈다는 것은 불가능에 가까운 일이니까. 확률론의 권위자인 도니븐 씽커바우릿 박사의 말을 인용하자면, 차라리 네스호

의 괴물과 티베트의 설인, 그리고 북유럽의 트롤들이 한자리에
모여 지구 온난화에 대해서 진지하게 토론할 날을 기다리는 편
이 나을 것이다.

　　그러나 우리—순종적인 납세자들—와는 달리 영웅적으로
어리석었던 제씨는 마음 한구석에 헛된 희망을 버리지 않고 서
른 해 남짓을 버텨갔다. 그가 가까스로 얻은 직업을 보면 그 사
실을 다시 한 번 확인할 수 있는데, 스물아홉 되던 해에 1.04대
1이라는 경이적인 경쟁률을 뚫고 제1회 2급 이구소제사 자격증
을 획득했던 것이다. 의뢰인을 방문하여 그의 귓속에서 귀지를
완벽하게 제거하는 것을 임무로 하는 이 직업이, 제씨에게 다른
사람들과 친밀하게 접촉할 수 있는 최선의 수단으로 여겨진 것
은 당연한 일이었다.

2

제불찰 씨에게 '귀'는 독특한 의미를 갖고 있었는데, 이를 이해하기 위해선 잠깐 그의 어린 시절을 돌아봐야 할 것 같다. 불행히도 제씨의 어린 시절과 가족관계는 불가사의할 정도로 거의 알려져 있지 않다. 후에 일어난 '그 사건' 이후 조금이나마 드러난 바에 의존해 기술하자면, 그의 출생 자체가 매우 부적절한 것이었기에, 그의 부모는 교통사고로 세상을 떠날 때까지 일생에 걸쳐, 가계에 파탄을 불러온 제씨와 그의 존재원인이라고 할 콘돔 제조업체를 줄기차게 저주했다고 한다. 그의 형제관계 역시 베일에 싸여 있지만, 제씨에게 배다른 누이가 하나 있었다는 것만은 분명한 사실로 보인다. 익명의 증인에 따르면, 제씨와 누이 사이엔 특이한 남매애가 흘렀으며 보기에 따라선 다른 해석도 충분히 가능할 만한 친밀한 접촉도 빈번했다고 한다. 종종 동네 노인들의 눈에 띄었던 장면은, 청명한 봄날 구질구질한 골목 평상 위에 앉은 누이와, 그녀의 무릎을 베고 누워 있는 제씨의 모습이었다. 그녀의 손에는 대나무를 서툴게 깎아 만든 귀이개가 들려 있었다는데, 음란하게 키득거리는 제씨의 웃음은

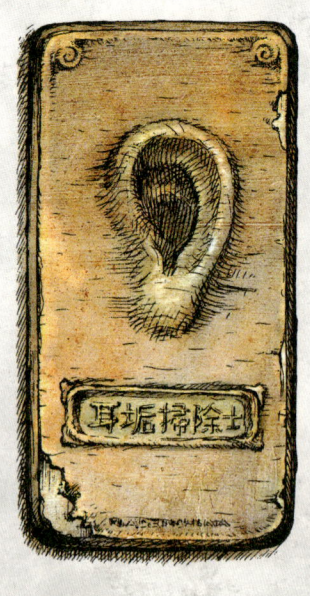
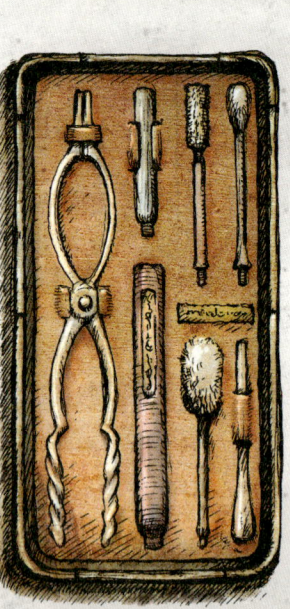

耳垢掃除士

폐허와 같던 그의 유년 시절에서 분명 예외적인 것이었다.

　이것이 '귀'에 관련된, 더 정확히 말하자면 '귀 파기'에 관련되어 알려진 제씨의 작고도 귀한 추억이다. 사실 우리의 천박한 호기심은 이 배다른 오누이의 관계가 어디까지 진전되었을까 따져 묻고 있지만, 이 누이의 이후 행적에 대해선 알려진 바가 거의 없다(없었다. 그 사건 이전까진. 그러나 그럼에도 우리에 겐 여전히 '사라진 고리'가 존재한다). 혹자는—아마도 행동심리학자 워레버 유두 박사의 제자라고 우겼던 모씨였다고 기억된다—얼마 지나지 않아 오누이의 관계는 파국을 맞게 되었고, 그 계기가 다음과 같다고 주장했는데, 스파이더맨을 좋아하던 제씨를 위해 누이가 사다준 '타란툴라 거미'가 그를 물면서 촉발되었던 발작 및 폭행으로 둘의 관계가 어그러지기 시작한데다가, 누이가 제씨를 끊임없이 괴롭히던 급우들 중 우두머리 격인 소년과 눈이 맞는 바람에 도리어 그에 대한 린치에 동참하게 되었기 때문이라는 것이다. 나중에 제씨가 'TV쇼'에서 두서없이 떠든 사실을 토대로 한 이 가정들이 얼마나 진실에 가까운지 우리로서는 알 길이 없다. 모두 제불찰 씨의 머릿속에서 나온 환상일지도 모를 일이기 때문이다.

3

어쨌거나 다시 우리의 시선을 이구소제사가 된 제불찰 씨에게로 돌려보자. 주지하다시피 제씨는 귀 파는 행위를 통해, 차가운 담벼락과 같은 다른 이들과 허심탄회한 대화를 나누게 되길 꿈꿨지만 실상은 전혀 달랐다. 일을 시작한 첫날부터 그의 희망은 산산조각 나고 말았다.

그에게 이구소제를 의뢰한 첫 고객은(물론 직접 의뢰한 것이 아니라 한 이구소제 용역회사를 통해서였다. 대부분의 영세 이구소제사는 이런 용역회사의 리스트에 이름을 올리고 일거리가 들어오기를 기다려야 했는데, 그나마 보수의 60%를 수수료로 지불해야 하는, 지극히 불평등한 계약조건에 매여 있었다) 깔끔한 외모의 세무사였는데, 날카롭게 세운 와이셔츠 깃에 목이 베이지나 않을까 걱정될 정도였다. 그는 제씨가 사무실로 들어와 어수룩하게 자기 소개를 하는 동안 한 번도 쳐다보지 않고 서류 더미에 코를 파묻고 있더니, 잠시 후 매우 간결한 손짓으로 제 씨를 자신의 옆으로 부른 뒤 아무 말 없이 한쪽 귀를 내밀었다. 그것으로 끝이었다. 20분간의 작업시간 동안 사무실 안에는 가 습기 소리만 낮게 울려 퍼지고 있었고, 작업이 끝나자 그의 비 서가 제씨를 불러내어 복잡한 영수증 작성 과정을 거친 후에 약 속한 보수의 반도 안 되는 돈을 던져주었을 뿐이다.

41　　충격을 받은 제씨는 '첫날이라 그렇겠지, 내가 아직 능숙하지 못해서 고객이 긴장한 걸 거야'라고 스스로에게 중얼거리며 자 위했지만, 시간이 지날수록 상황은 더욱 나빠지기만 했다. 요컨 대, 의뢰인들은(수도 없이 국부를 강타하던 난폭한 개구쟁이부 터, 늘어난 잠옷 사이로 가슴이 드러나는 줄도 모르고 연신 하 품만 해대던 가정주부까지) 제씨를 진공청소기쯤으로 생각하는 듯 표정 없이 귓구멍을 내밀 뿐이었던 것이다. 당연히 제씨의 말에 귀기울이거나 그에게 말을 걸고 싶어하는 의뢰인은 단 한 명도 없었다. 치기 어린 수사를 용서한다면 이렇게 말할 수 있

겠다. '제씨 앞에 열린 귀는 실상 굳게 닫혀 있었다.'

냉소와 회의를 제2의 본능으로 습득한 우리에겐 너무도 당연해 보이는 일이, 세상의 모든 정규직·비정규직 노동자들이 아무 불평 없이 받아들이고 있는 이 자명한 현실이, 돌연 변이적으로 순진무구했던 제씨에겐 잔인하고 가혹한 형벌처럼 느껴졌다. 더불어 단지 생계를 위해 이미 생각했던 것과 정반대에 가깝다고 판명된 이 일을 계속해야 한다는 사실에, 그는 참을 수 없는 절망과 좌절을 느꼈던 것이다. 그로 인해, 정확히 언제부터인지는 알 수 없지만, 제씨는 의뢰인들 앞에만 서면 작아지는 자신을 발견하게 되었다. 오해를 막기 위해 다시 한 번 되풀이하겠다. 그는

점점 작아지는 자신을 발견하게 되었다. 이것은 은유도, 수사도
아니다.

제불찰 씨는 어느 순간부터 실제로 작아지고 있었다.

4

늘상 사용하는 그의 도구 — 중국제 알루미늄 소제기 — 가 왠
지 모르게 무겁게 느껴지기 시작했을 때, 제씨는 그저 누적된
피로를 탓했을 뿐이다. 한 손가락으로 자유자재로 다루던 도구
를 양팔 모두를 이용해 힘겹게 움직여야 할 때가 되자, 제씨는
과중한 업무량 때문이라 생각하며 밤마다 애꿎은 소주만 비워
댔다. 의아했던 것은 결코 적지 않은 주량을 자랑하던 그가 소
주 한 잔을 붙들고 밤새 씨름해야 했으며 다음 날 지독한 숙취
에 시달려야 했다는 점이었다. 제씨는 나이 탓이리라 생각하며,
소홀히 했던 근력운동을 다시 시작하기 위해 즐겨 들던 아령을

집었으나 도저히, 그 어떤 방법으로도 4kg짜리 아령을 바닥에서 한 치도 들어올릴 수가 없었다.

갑작스러운 건강악화가 다른 사람들(용역회사나 의뢰인들)에게 알려질 경우 당하게 될 불이익에 대한 걱정에 휩싸인 제씨는, 의식적으로 과장된 몸짓과 헛기침으로 자신의 신상에 아무런 이상이 없음을 강조했다. 하루하루 셔츠와 바지가 헐렁해지자, 영양결핍으로 살이 빠지는 것이라 생각하고 각종 보양식품을 닥치는 대로 먹어보았지만, 아무 소용이 없었다. 작업의 편의를 위해서는 어쩔 수 없이 날마다 옷의 치수를 줄여야 했고, 그의 도구 또한 마찬가지였다. 거액을 들여 장만한 조립형 소제기는 일주일마다 재조립되었는데 그때마다 한 뼘씩 길이가 줄어들었다. 어쨌든 기민한 대처 덕분에 그의 업무엔 문제가 발생하지 않았는데, 그로 인해 제씨는 한참 동안 자신에게 닥친 일이 어떤 것인지 제대로 파악하지 못했던 것 같다. 그래서 어느 날 아침 세면대 거울에 비친 자신이 코와 눈만 간신히 세면대 위에 걸쳐놓고 힘겹게 칫솔질을 하고 있는 것을 목도했을 때, 제씨는 그만 정신을 잃고 화장실 바닥에 쓰러지고 말았다.

스스로 작아지고 있다는 것을 인식한 이후로, 변화의 속도는 더 빨라졌다. 화장실 기절 사건으로부터 일주일 후 제씨는 엘리베이터에서 자신의 층 버튼을 누르는 것을 포기해야 했고(그래서 다른 사람이 내리는 층에서 따라 내려 계단을 걸어 올라가거나 내려가곤 했다), 양변기에 빠지지 않고 앉는 것이 불가능해져 오리 모양의 아기용 변기를 사야 했다. 불행 중 다행으로 하루 세 끼 식사량은 점점 줄어, 식비 지출은 이전의 5분의 1도 되지 않았지만, 옷과 도구를 수선하고, 생활편의시설들을 바꾸는 데 들어가는 경비가 그 몇 배에 달했다. 제씨는 매일 밤 도대체 얼마큼이나 더 작아질까 하는 공포에 시달리며 잠을 설쳤고, 그럴수록 낮에는 모든 것을 잊기 위해 자신의 일에 더욱 매달렸다.

따라서 이구소제의 세계에서 그는 갈수록 가치를 인정받고 있었는데, 사실 그가 속해 있는 용역회사 간부들이나 의뢰인들은 애초부터 그에게 아무런 관심이 없었기에, 다시 말하면 그를 쳐다본 적도, 신상에 대해 궁금증을 가져본 적도 없었기에, 그의 변화를 전혀 알아채지 못했다(딱 한 번, 뒤돌아 앉은 중간간부가 질문에 대답하는 그의 목소리가 너무 작다고 신경질을 낸 적이 있었을 뿐이다). 등에 날개가 돋고 온몸이 털로 뒤덮인 채 불을 내뿜으며 여섯 개의 발로 귀를 소제하더라도 아무도 눈치 채지 못할 거라고 쓸쓸히 안도하며 제씨는 하루하루 버텨가고 있었다. 어쨌든 삶이란 적응의 연속이고, 익숙해지는 것이 가장 쉬운 일이라 했던가. 제씨는 자신의 변화에 순응하며 다시 고요해진 일상을 살아가고 있었다. 용역회사의 노회한 사장이 그를 식사에 초대한 그날 이전까지는.

◦— 5 —◦

이례적으로 높은 성과를 올리는 이구소제사가 있다는 보고를 들은 사장은 자신의 아량을 과시하고, 더불어 다른 이구소제사들을 자극하기 위해, 제씨를 그해의 최우수 이구소제사로 선정하고 친히 만나 만찬의 시혜를 베풀기로 결정했다. 사장은 그에 관한 좀 더 많은 사전정보를 원했지만, 직원들 중 어느 누구도 제씨에 대해 제대로 설명하지 못했다. 그들에게 제씨는 하나의 실적으로서만 존재했기 때문이다. 그래서, 약속시간 10분 후 제씨가 머뭇거리며 수줍은 듯 등장했을 때, 마침내 새끼손톱만큼 작아진 그가 티스푼 위에 올라서 사장에게 허리 굽혀 인사했을 때, 그들 모두는 경악을 금치 못했다. 사장이 외마디 소리를 질렀다.

"오, 세상에."

그리고 입을 벌린 채 무언가를 한참 생각하더니 이렇게 덧붙였다.

"자네 정말 쓸모가 있겠군."

다음 날 아침 사장은 긴급회의를 소집했고, 제불찰 씨는 영문도 모른 채 사진실 스튜디오로 끌려가 알록달록한 의상을 입고 (그 속엔 팅커벨과 엄지공주 의상이 포함되어 있었다) 수백 장의 사진을 찍어야 했다. 이구소제 용역회사는 기막히게 아담한 이구소제사를 전면에 앞세워 대대적인 홍보를 펼치기로 결정했던 것이다. 사장에게 목이 졸려 숨이 끊어질락 말락 할 때 홍보실장이 겨우 토해낸 카피는 다음과 같았다.

"그대의 귓속에 온몸을 던집니다."

여성용도 있었다.

"그가 직접 들어갑니다."

반응은 폭발적이었다. 평소보다 수십 배 늘어난 의뢰가 폭주했다. 제불찰 씨는 아침 6시부터 밤 12시까지 잠시의 쉴 틈도 없이 일에 몰두해야 했다. 동시에 수임료도 급상승했다. 처음에 회사는 일반 이구소제의 20배에 달하는 요금을 부르며 배짱을 퉁겨봤는데, 그래도 신청이 줄어들 기미가 보이지 않자, 쾌재를 부르며 매주 요금을 100%씩 인상했다. 몇 주 지나지 않아 사장은 돈방석에 올랐다.

그러나 제불찰 씨는 점점 더 빠른 속도로 작아지고, 쇠약해지고 있었다. 그가 10원짜리 동전 하나도 제대로 들어올릴 수 없

다는 걸 안 사장은 제씨를 불러 자상한 목소리로 속삭였다(큰
소리로 외치면 제씨는 곧바로 기절해버리고 말았기 때문이다).

"자네에게 지급할 급료는 착착 모아놓고 있네. 다시 건강을
되찾으면 그때 함께 떵떵거리고 살아보잔 말야. 그때까진 우리
의 신뢰가 중요한 거 아니겠나."

제불찰 씨는 상관없었다. 이제 그는 캄캄한 자신의 앞날을 잊
으려는 듯, 매순간 사람들의 캄캄한 귓구멍 속으로 뛰어들어가
는 일에만 전념하려 했다.

그는 사람들 귓속의 가장 깊은 곳까지 들어가 누구의 손길도
닿지 않은 골짜기에 암석처럼 굳어 있는 귀지를 자신만의 도구
로 부숴 밖으로 퍼냈다. 소제가 끝나면 사람들은 구원이라도 받
은 듯 나른한 표정으로 말했다.

"난 내가 세상의 모든 소리를 듣고 있다고 생각했죠. 하지만,
거의 귀머거리에 가까웠군요."

가끔은 귀가 아니라 다른 구멍에 들어가줄 것을 은밀히 요구
하는 고객도 있었다. 제씨는 처음엔 완강히 거부했지만, 그들이
너무도 간절하게 애원하자 끝내 요구를 들어줄 수밖에 없었다.

작업이 끝난 후 아직 열락에 빠져 가쁜 숨을 몰아쉬는 고객을 본 제씨는, 누군가 이토록 행복해진다면 그게 나쁜 일일 리는 없을 거라는 확신을 갖게 되었다. 그리고 자신의 능력을 되돌아보게 되었다.

고단한 작업 속에서 제씨는 처음으로 보람 같은 것을 느끼기 시작했다. 무차별적인 광고에 입소문까지 덧붙여져 그는 이쪽 세계에서 어느새 유명인사가 되어가고 있었고, 그의 완벽에 가까운 작업 스타일에 많은 사람들이 진심 어린 찬사를 보내고 있었다. 사장이 착복하는 돈은 중요치 않았다. 누군가 그에게 이렇게 따뜻한 시선을 보낸 적이 있었던가. 제불찰이란 이름 석 자가 이토록 많은 사람들의 입에 오르내린 적이 있었던가. 제씨는 감격했고, 흥분했고, 그럴수록 더 깊은 곳으로 들어가고 싶어졌다. 절대 들어가선 안 될 곳까지.

51

6

제씨가 어떤 경로를 통해 '그곳'에 도달하게 되었는지에 대해
선 '그 사건' 직후 학계의 의견이 분분했다. 가장 근사한 추측은
뇌신경학의 권위자 애니원 브레인워쉬 박사의 것인데, 제씨가
우연한 기회에 내이(內耳) 깊은 곳의 달팽이관 속으로 들어갔고
그 관을 따라 이어지는 뇌로(腦路)를 통해 전혀 생각지 못한 곳
에 다다르게 되었다는 얘기다. (달팽이관을 통과할 때마다 비슷
한 제목의 희대의 명곡을 흥얼거렸다는 소문도 있었으나 역시
확인된 바는 없다.)

어느 깊은 밤이었다. 제씨는 새벽부터 계속된 과중한 업무로
인해 눈도 뜨지 못할 정도로 피곤에 절어 있었다. 그는 길게 숨
을 내쉬고 마지막 고객—그녀는 40대의 대기업 임원으로, 제씨
의 단골고객이었다—의 귓속으로 들어갔다. 기계적으로 걸으
며 늘상 하던 일을 되풀이하던 제씨는 어느 순간 깜빡 졸았던
것 같다. 정신을 차려보니 처음 보는 기관 속에 들어와 있었다.
제씨는 순간 당황했다. 어느 쪽으로 나가야 할지 전혀 알 수 없

을 정도로 꼬이고 꼬인 통로들만 눈앞에 펼쳐져 있었다. 제씨는 오랜 직감을 믿고 방향을 잡았다(나중에 안 일이지만 이 직감은 틀린 것이었다). 무성한 융모와 몇 번의 신경경련을 헤치고 마침내 넓게 트인 곳으로 나온 그는, 아연실색하고 말았다.

그곳은 거센 바람이 불어대는 벌판이었다. 머리 위 하늘로는 거대한 나방 떼가 날아다니고 있었다. 날개를 펄럭일 때마다 흰 가루가 벌판으로 떨어졌고, 그럴 때마다 벌판이 꿈틀거렸다. 그가 서 있는 곳은 낭떠러지에 뚫려 있는 작은 동굴의 끝자락이었다. 저 멀리 지평선까지 시야가 트여 있었고, 거칠게 솟아 있는 산자락엔 어린 소녀의 작은 손, 어머니인 듯한 여인의 치맛자락, 쾌감에 일그러진 어느 남자의 얼굴 등 수많은 영상이 빠르게 점멸하고 있었다. 서늘한 공포와 함께, 뜨거운 호기심이 솟아올랐다. 제씨는 불어오는 폭풍에 몸을 실어 그녀의 정신의 벌판으로 뛰어내렸다.

그곳에서 제씨는 인간 정신의 생태계를 목도한다. 걷다보면 발밑에 넓게 펴져 있는 독버섯들을 밟게 되었는데, 그것들은 유년기 트라우마의 다양한 모양을 띠고 있었다. 가끔 멀리서 맹렬한 속도로 돌격해오는 콤플렉스라는 코뿔소는 아무 곳이나 들이받으며 상처를 내고 있었다. 붉은 피가 솟는 상처는 곧 몰려온 조그마한 벌레들에 의해서 치료되었는데, 어떤 벌레는 부드러운 분비물로 상처에 다시 새살이 돋게 했으나, 어떤 벌레는 억지스러운 임시변통으로 영영 지워지지 않을 흉터만 남길 뿐이었다. 그는 각각의 벌레에 지혜 혹은 자기합리화 같은 이름을 붙이며 낄낄거렸다.

몇 시간이 지났을까. 더 지체하면 의심을 받을 것 같아 아쉬움을 뒤로하고 밖으로 나왔을 때, 의뢰인은 불을 켜놓은 채 책상에 엎드려 자고 있었다. 측은하고도 사랑스러웠다. 그는 자신만큼이나 작은 목소리로 "잘 자, 아가야"라고 속삭이고 그녀의 귓가에 키스했다. 그녀는 가볍게 몸을 뒤척였고, 제씨는 조용히 미소지었다. 그 미소는 앞으로 볼 것들에 대한 기대감으로 가득차 있었다.

7

그날 이후 날마다 제불찰 씨의 새로운 탐험이 펼쳐졌다. 물론 제씨는 자신이 어디까지 다다르는지 누구에게도 말하지 않았다. 그저 천연덕스러운 얼굴로 귓속으로 들어가 두어 시간 후에 빙긋 웃으며 밖으로 나올 뿐이었다. 사람들은 그가 캐서 나오는 한 무더기의 귀지를 보고 겸연쩍어하기 바빴지, 그의 행로에 의심을 품는 일은 없었다. 제씨를 예의 주시하는 사장마저도, 폭발적으로 늘어가는 업무량에 불평을 하긴커녕 고객의 신상명세 카드를 정리하며 싱글거리기만 하는 제불찰 씨를 보고, 기이한 질병으로 인한 호르몬 이상 같은 것이겠거니 짐작할 뿐이었다. 제씨의 비밀스러운 모험은 누구에게도 방해받지 않았다.

제씨가 사람들의 정신 속에서 정확히 무엇을 봤는지 우리는 상상하기 어려우나, 극히 일부의 내용이 우리의 기억 속에 희미하게 남아 있는 〈생방송 TV쇼 — 죽이느냐 살리느냐 그것이 문제로다〉의 공방을 통해 공개된 바 있다. (이 TV쇼에 대해선 물론 잠시 후 자세히 다루게 될 것이다.) 처녀탐험을 비롯, 제씨가

진술했던 단편적인 모험담에 따르면, 때때로 그는 사람들의 정신 속에서 뜻밖의 곤경에 부딪히곤 한 것 같다. 어느 학교 선생의 정신세계 속에서, 제씨는 뜻밖의 침입자를 어린 시절의 잊고 싶은 기억의 일종으로 간주한 자위의 돌고래들에 의해 망각의 골짜기 저편까지 쫓겨가기도 했고, 반대로, 한 노처녀의 정신 속에선, 잊었던 첫사랑으로 오인된 나머지, 단단한 추억의 수액에 둘러싸여 호박 속의 모기처럼 생을 마칠 뻔하기도 했다. 어느 곳에서나 제씨는 사람들의 정신을 지탱하는 기둥이란 것이 무척이나 허약하다는 것을 확인했다. 위태로운 흔들거림 속에서도 정신의 붕괴와 폭주를 막기 위해 필사적으로 애쓰는 버팀목들을 보며 그는 복잡한 심경에 빠져들었다.

매일같이 새로운 발견이 이어지던 어느 날 새벽, 이구소제 용역회사의 사장이 그를 다급히 호출했다. VIP의 의뢰가 들어왔다는 것이었다. 고객은 젊은 나이에 정부의 고위직까지 오른, 현재 가장 촉망받는 정치인이었다. 사장은 이 고객이 그날 밤 적국의 고위인사와 비밀회담을 갖게 되어 있고, 회담의 내용을 한 마디도 빠짐없이 경청하기 위해, 역시 비밀리에 이구소제를

청해왔다는 이야기를 속삭여줬다.

"이번 일만 잘 끝나면 앞으로 저 위쪽과 길이 트일 거고, 자네나 나나 무진장 챙길 수 있을 거란 얘기지."

사장은 눈을 희번덕거리며 최선을 다해달라고 거듭 당부했다. 반면 제씨는 담담했다. 그는 고객이 누구든 상관없었다. 누구나 귀지가 있듯이, 누구나 독특한 정신세계가 있고, 어떤 정신이든 모두 그 나름대로 흥미진진한 것이기 때문이었다. 어쨌든 의뢰받은 일을 거절할 이유는 없었다. 내심 궁금한 구석도 없지 않았기에, 그는 그날 저녁 삼엄한 경호 속에 중앙의 모 청사로 향했다. 그리고 잠시나마 세상을 떠들썩하게 했던 '그 사건'이 바로 이 밤에 일어나게 된다.

☞ 8 ☜

건물에 도착하자 경호원들은 편의를 위한 것이라며 제씨를 작은 다람쥐집(쳇바퀴를 떼어낸 자국도 남아 있었다) 안으로 밀어넣었다. 제씨는 지독한 불쾌감에 항의를 하려 했지만, 당장의 멀미를 견디기 위해 창살을 움켜쥐어야 했다. 대리석이 깔린 긴 복도를 한참 걸어 마침내 어느 방에 들어서자 그들은 다람쥐집을 내려놓고 문을 열어주었다.

제씨는 울렁거리는 속을 진정시키며 걸어나와 주위를 살폈다. 그가 서 있는 곳은 커다란 책상 위였다. 누군가 눈살을 찌푸리며 그를 내려다보고 있었다. 제씨는 자동적으로 첫인사를 외쳤다.

"안녕하십니까, 고객님. 고객님의 깨끗한 귓속을 더욱 깨끗하게 청소해드릴, 고객의 행복을 책임지는 이구소제사 제불찰입니다."

그를 바라보던 사나이는 대답도 없이 건너편의 누군가에게 중얼거렸다.

"내, 이런 웃기는 짓은 필요 없다고 분명히 말했을 텐데."

잠시 동안 자기들끼리 추궁하고 설득하는 대화가 이어지더니 이윽고, "뭐 그렇다면 중차대한 나랏일에 방해가 되지 않는다는 조건으로"라며 사나이가 제씨 쪽으로 귀를 내밀었다. 제씨는 다가온 그의 얼굴이 왠지 낯익다는 느낌이 들었다. 하지만 이런 고위인사를 알 턱이 없기에 잡념을 쫓고 재빨리 그의 귓속으로 뛰어들었다.

사나이의 귓속은 일반적인 사람들의 귓속보다 훨씬 깨끗했다. 귀이개가 닿기 쉽지 않은 부분까지 깨끗한 것으로 보아, 얼마나 강박적으로 청결을 유지하는 성격인지 짐작할 수 있었다. 그래도 구석구석 남아 있는 이물질을 깨끗이 제거한 제불찰 씨는, 빙긋 웃으며 "그럼 슬슬 들어가볼까?" 중얼거렸다. 지켜보는 이가 있을 리 없는데도 언제나처럼 주위를 살핀 제씨는 그만이 알고 있는 통로로 걸음을 내디뎠다.

사나이의 정신세계 속엔 폭풍우가 몰아치고 있었다. 먹구름이 지평선 위에서 번개를 토해내고 있었다. 늘 이런 건지, 대사를 앞둔 오늘만 이런 건지 제씨로선 알 길이 없었지만, 어쨌든 탐험하기엔 최악의 기상조건이었다. 그렇다고 그냥 돌아갈 순 없었다.

'높으신 양반들은 뭐가 얼마나 다른지 궁금하긴 했단 말이

야.'

제씨는 옷깃을 여미고 바위 아래쪽으로 최대한 몸을 붙이며
걷기 시작했다. 칼날처럼 뾰족한 자의식의 봉우리들이 끝없이
펼쳐져 있었고, 발밑은 천 길 낭떠러지였다. 낭떠러지 밑엔 사
나이가 제거한 정적들의 시신이 핏빛 급류에 휩쓸려 떠내려가
고 있었다.

'완전히 공포 분위기로군.'

제씨는 점점 가까워지는 대포 소리를 피해 서둘러 기억의 우
물 속으로 뛰어내렸다.

예상대로 어린 시절의 기억은 바깥보다 조용했다. 하나 상대
적으로 그런 것뿐이지, 모퉁이마다 교묘한 속임수의 기억들이
화살처럼 획획 날아오고 있었다. 제불찰 씨는 금세 피로해졌다.

'밖에서 보는 것과는 전혀 다른걸.'

제씨는 조그만 바위에 앉아 이제 그만 돌아가야겠다고 생각
했다. 그때였다. 사나이의 기억의 조각들이 주저하듯 스멀스멀
제씨에게 다가왔다. 점액질처럼 찐득거리는 그것들은, 제씨를
둘러싸고 살피더니 이내 목을 휘감고 엄청나게 빠른 속도로 어

디론가 끌고 가기 시작했다. 저항할 겨를도 없었다. 이런 경험은 처음이었다. 어쩌면 여기서 죽을 수도 있다는 두려움이 엄습했다. 제씨는 좋아하는 물냉면과 스파이더맨 브로마이드를 그리며 마지막 기도를 드릴 준비를 하고 있었다. 그때 그들이 제씨를 어딘가에 내동댕이쳤고, 제씨는 바닥에 머리를 세게 부딪혀 정신을 잃고 말았다. 한참 후 겨우 눈을 뜬 제씨는 놀라운 광경을 보게 된다. 바로 어린 시절의 제불찰 군이 그의 눈앞에 서 있었던 것이다.

═❯ 9 ❮═

제씨는 자신의 눈을 의심했다. 하지만 눈을 비비고 다시 봐도 그의 앞에 서 있는 꼬마는 어린 자신이 분명했다. 꼬마 제불찰은 겁에 질려 있었다. 어디선가 아이들이 달려와 순식간에 꼬마를 둘러싸더니, 약속이나 한 듯 일제히 발길질을 시작했다. 그리고 제씨의 머리통이 울릴 정도로 큰 목소리가 들려왔다.

"이 병신 같은 새끼! 자살골을 넣어?"

제불찰 씨는 다리가 풀려 털썩 주저앉고 말았다. 아이들이 꼬마 제불찰을 두들겨 패고 있는 그곳은 바로 그가 나온 초등학교의 운동장이었다. 완전히 잊고 있었던 기억이 한순간에 되살아났다. 그때의 수치, 굴욕, 통증이 생생하게 사무쳐왔다. 제씨는 반사적으로 머리를 감싸쥐며 외쳤다.

"내가 잘못했어. 다 내 잘못이야."

온몸을 죽은 벌레처럼 말고 구타가 끝나기만을 기다린 제씨가 고개를 들었을 때, 이미 꼬마 제불찰은 간 데 없고 신나게 축구를 하고 있는 아이들의 모습만 아른거리고 있었다. 시선의 주인공이 골을 넣고 환호할 때 저 멀리 수돗가에서 상처를 씻는 초라한 꼬마의 뒷모습이 스쳐갔을 뿐이다.

갑자기 눈앞이 아득해졌다. 빨리 여기서 벗어나고 싶었다. 두들겨 맞고 나면 늘 그랬던 것처럼, 무작정 달리고 싶었다. 제씨는 어딘지도 모르는 곳을 마구 달리기 시작했다. 달리면서 그는 그 목소리의 주인공을 생각해냈다. "병신 같은 새끼!" "네가 뭔 줄 알고 까불어?" "할 줄 아는 게 뭐 있냐, 넌?" "어디 한번 고

추 구경이나 해볼까?" 잊으려고 악착같이 애써 결국 잊은 줄 알았던 목소리. 어린 시절을 끔찍하게 만든 목소리. 제기랄. 내가 들어온 곳이 그놈의 귓속이라니. 제씨는 사나이의 얼굴이 낯익었던 이유를 이제야 알게 되었다.

사나이의 기억생태계는 무단침입한 제씨를 기억의 파편으로 간주하고, 유사한 기억의 방 쪽으로 분류하려 했던 것이다. 그리하여 제씨는 생각지 못한 곳에서 어린 날 자신의 처참한 몰골을 다시 마주해야 했던 것이다. 심장이 방망이질 쳤다. 다시 꼬마 제불찰이 된 기분이었다. 동네북 제불찰로 되돌아간 것 같았다. 그때 갑자기 제씨의 머릿속에 무언가 떠올랐다. 달리기를 멈추고 그가 소리쳤다.

"누나!"

그래, 이놈이 누나를 꼬여냈었다. 골목에서 돈을 뜯기고 있을 때 저 멀리 두목 격인 이놈이 누나와 시시덕거리는 걸 본 적도 있었다. 누나가, 어린 날 그의 귓불을 만지작거리며 웃어주던 누나가, 이 더러운 놈과 놀아나느라 그를 외면하고 있었다. 그리고 중학생이 되자 집을 나가 다시는 돌아오지 않았다. 이놈의 기억을 뒤져보면 누나의 행방을 찾을 수 있지 않을까. 제씨는 한달음에 되돌아가 기억의 방문을 열어 젖히기 시작했다.

수많은 여자들이 있었다. 하룻밤 상대, 수년간 사귀었을 법한 애인, 친구들, 술집여인들. 놈의 어린 시절로 다가갈수록 긴장이 고조됐다. 제씨는 떨리는 손으로 마지막 문을 열었고 마침내 누나를 발견했다. 그곳엔 앳된 누이의 얼굴이 가득했다. 수줍게 상기된 얼굴. 담배연기를 내뿜는 입술. 아무것도 걸치지 않은 알몸. 쾌락으로 가득 찬 표정. 그리고 불룩해진 배. 미칠 것같았다. 숨결이 거칠어졌다. 고개를 들어 하늘을 봤다. 그 위엔 거미줄이 쳐져 있었고, 거기에 수많은 여자들의 어린 육체가 껍질만 남은 채 걸려 있었다. 한가운데 누나의 벗은 몸이 보였다. 마치 기념품처럼 놈의 기억을 수놓고 있었다. 분노를 주체할 수 없었다. 온몸의 혈관이 다 타버릴 것만 같았다.

바로 그때, 그 일이 일어났다. 제씨의 목, 등, 배, 가슴 위로 검

고 두꺼운 털이 돋아나기 시작한 것이다. 팔
과 다리 사이의 살이 찢어지더니 그 안에서 네 개의 털
투성이 다리가 불쑥 튀어나왔다. 그는 거미가 되어가고 있었다.
자신의 힘으론 그 변화를 막을 수가 없
었다. 분노가 다시 분
노를 낳으면서   변화는 더욱 빨라졌다. 고
통스러운 탈피가 끝나자 제불찰 씨는 칠흑같이 검은 타란
툴라 거미가 되어 있었다. 이제 그에겐 아무것도
보이지 않았다. 검은 불길만이 그의 온몸
을 뒤덮고 있었다. 타란툴라 거미
제불찰은 놈의 거미줄을 기어   올라 여인들의
껍질을 땅으로 떨어뜨   렸다. 그리고 자신과
누이의 육체의

껍질에 불을   질렀다. 불은 금세 사방으
로 번졌다. 제씨는 놈의 정신을 지탱하는 이성의
기둥들을 갉아 쓰러뜨리고, 흐르는 사유의 강물에는
치명적인 독을 토해냈다. 미쳐 날뛰는 거미에
의해 사나이의 머릿속은 손쓸 겨를 없이 황무지로

변해가고 있었다.

길고 긴 시간이 흘렀다. 광란을 마치고 탈진한 제씨는 한참 후에야 사나이의 콧구멍을 통해 밖으로 나왔다. 비틀거리며 밝은 곳으로 나온 제씨를 적국의 장성이 어안이 벙벙한 표정으로 바라보고 있었다. 비밀 회담 테이블 위에서 팬티를 벗고 하와이안 훌라춤을 추고 있는 사나이의 코에서 거미의 모습을 한 제씨가 기어나온 것이다. 경호원들이 일제히 달려들어 그를 테이블에 찍어눌렀다.

— 10 —

제불찰 씨는 죽지 않았다. 하나 어쩌면 그때 죽는

것이 나왔을지도 모른다. 사태는 일파만파로 커졌다. 적국의 장성은, 비밀회담의 상대로 정신나간 젊은이를 내세운 것을 참을 수 없는 모욕으로 여기고, 자국으로 돌아가버렸다. 그에 그치지 않고, 그때까지 진행되던 모든 경제협상을 중단하고, 주요 병력을 휴전선으로 전면 배치했다. 군사력 감축을 위한 논의는 모두 휴지통으로 들어갔고, 두 나라는 다시금 일촉즉발의 상황에 돌입했다. 비밀회담 테이블에서 훌라춤을 춘 사나이는 병원으로 보내졌지만, 의사는 이 상태라면 구구단을 외우는 데만 30년 이상이 걸릴 것이라며 고개를 저었다. 국가의 원수는 진노했다. 누군가 이 사태에 책임을 져야 했다. 원칙적으로는 적국과 비밀회담을 가졌다는 사실 자체가 국가기밀에 속했지만, 갑작스러운 군사위기의 원인을 제대로 설명하지 않으면 정권의 근간이 흔들릴 상황이었기에, 정부는 '테러리스트' 이구소제사 제불찰에 관한 사실을 긴급성명을 통해 전국에 공개했다. 그리고 제씨를 TV 재판에 회부했다.

그리하여 제불찰 씨는 〈생방송 TV쇼─죽이느냐 살리느냐 그것이 문제로다〉를 통해 우리 선량한 시청자들에게 처음이자 마지막으로 그 못생긴 얼굴을 선보이게 된 것이다. 익히 알다시피 — 지금도 높은 시청률을 기록하고 있는 프로그램이니. 하나 외국인이나 TV를 시청하지 않는 일부 몰상식한 독자들을 위해 설명을 덧붙인다 — 이 프로그램은 위대한 민주주의의 원칙: '다수결'을 통해 피고의 유죄 여부를 판결한다. 제불찰 씨의 털북숭이 8지(4지가 아니라 8지가 되었다)는 각각 2만 5천 볼트의 전류가 흐르는 전극에 연결되었다. 무대엔 검사와 변호사 역을 맡은 두 아나운서가 등장했다. 검사 역을 맡은 근육질의 미남 아나운서는 이 작고 추악한 돌연변이 괴물이 태어나서 지금까지 이 사회에 어떠한 해악을 끼쳐왔는지에 대해 열변을 토했다.

"피고가 어릴 적 몰래 집어간 구슬만 몇십 개였는지 모릅니다!" "이구소제사라는 가면을 쓰고 피고는 우리의 부인과 딸들을 희롱했습니다!" 검사가 침을 튀길 때마다 시청자들은 ARS 전화를 통해 전극으로 전류를 흘리라는 버튼을 눌렀다. 제씨가 귀를 찢을 듯한 비명을 지르며 거의 바삭바삭하게 구워질 무렵, 변호사 역을 맡은 미녀 아나운서가 마침내 화장을 다 고치고, 무대 앞으로 나섰다.

"피고는 구역질 날 정도로 추하지만, 그리고 국가에 씻을 수 없는 죄를 지었지만, 그 역시 이 사회의 가련한 피해자라는 사실, 시청자 여러분 다시 한 번 생각해주시길 바랍니다."

변호사는 시커먼 숯덩이 같은 제씨에게 다가가 마이크를 가까이 대고 어린 날부터 지금까지의 행로에 대해 질문했다. 제씨는 거의 알아들을 수 없는 목소리로 질문에 가까스로 대답하고 있었다. (이때의 진술 내용이 '제불찰 씨 이야기'의 근거가 되었다는 것은 전술한 바와 같다. 다시 말하자면 이 글은, 별 신빙성이 없다는 얘기다.) 지루한 심문이 이어지자 초당 시청률이 급격히 떨어지기 시작했다. 시청자들은 화려한 전기쇼를 원하지, 구태의연한 신파를 보고 싶어하지 않는다는 것은, 방송사 사장이 누구보다 더 잘 알고 있었다. 그는 검사에게 헤드셋을 통해 무언가 주문했다. 그러자 검사가 벌떡 일어나 소리쳤다.

"증인을 신청합니다! 바로 피고가, 피해자에게 유린당했다고 주장하는, 피고의 누나입니다!"

방청객들은 환호성을 질렀다. 번쩍거리는 조명을 받으며 한 여인이 등장했다. 그녀는 조금 뚱뚱하긴 했지만, 두꺼운 화장으로 수많은 주름을 성공적으로 감추고 있었다.

방청객과 시청자들 모두 숨을 죽이고 그녀를 응시했다. 그녀는 증인석에 앉아 양해를 구하더니 담배를 한 대 꺼내 물었다. 그리고 검사의 질문에 낮게 가라앉은 목소리로 대답했다. "제 동생은 어릴 적부터 정신이 이상했습니다." "제가 뒷마당에서 몸을 씻을 때 훔쳐본 적이 한두 번이 아니었어요." "쟤가 얘기하는 것의 절반은 사실이 아닙니다." "쟤 몸이 저렇게 변한 것도 어쩌면 삐뚤어진 성격 탓일 거예요." 그녀는 제불찰 씨 쪽을 한번도 쳐다보지 않았다. 제씨 역시 눈을 뜰 수조차 없는 상황이었다. 그저 1~2분마다 생각난 듯이 꿈틀꿈틀 경련할 뿐이었다. 그녀는 입술을 깨물곤 말을 이었다.

"저는 피해자와는 몇 번 만난 적도 없으며, 오늘 이때까지 혼자서 행복하게 잘살고 있습니다. 동생이 미친 짓의 이유로 제 핑계를 댄 건 말도 안 되는 일이에요."

그녀는 대사를 외듯 증언을 마치고 벌떡 일어나 스튜디오를 떠났다. 장내는 차갑게 식었다. 그나마 호의적이었던 일부 방청객과 시청자들도 모두 전기처형의 버튼을 누를 분위기였다. 그때였다. 변호사가 다급해진 얼굴로 소리쳤다.

"여러분, 저희가 준비한 영상을 보세요. 그리고 마지막 판단을 내리시길 바랍니다!"

대형 스크린에 대역재연 영상물이 떠올랐다. 화면은 뽀얗게 필터 처리되어 반짝거렸다. 제불찰 씨의 어린 시절을 맡은 아역배우는 천사처럼 귀여운 눈을 깜빡였고, 웃을 때마다 보조개가 움푹 들어갔다. 그 천진한 얼굴이 나타날 때마다 방청석에서 환호가 터져나왔다. 영상 속에서 불량기 가득한 소년들에게 제군이 두들겨 맞을 땐 비명을 지르는 방청객들이 속출했다. 피해자의 귓속에서 벌어진 일에 대해서는 조금도 다루지 않았다. 다만 마지막에 이구소제사 제불찰의 고객들의 짧은 증언이 편집되어 담겨 있었다. "그로 인해 전 세상에 귀기울일 수 있게 됐습니다." "제씨는 내 몸의 잠자던 부분을 깨워주었어요." 이때 스튜디오의 조명이 암전되더니 무대 중앙에 스포트라이트가 켜졌다. 변호사가 반라의 의상으로 노래를 부르기 시작했다. 노래 제목은 〈누가 이 사람에게 돌을 던지랴〉. 트로트와 테크노가 묘하게 혼합된 그 노래는 미녀의 관능적인 춤과 퍽이나 잘 어울렸다. 방청객들은 열광했다. 시청자들도 노래가 나가는 동안 미친 듯이 ARS로 '무죄' 버튼을 눌러댔다. 결국 쇼가 끝날 때쯤 1,350만 대 1,486만으로 제불찰 씨에게 무죄가 선고됐다. 모든 시청자가 감동의 드라마에 가슴 벅차 올랐다. 그리고 막 시작한 타 방송사의 코미디 프로그램을 보기 위해 채널을 돌렸다.

방송사 사장은 크게 만족했다. 바로 다음 주 방송의 중간광고를 따내려는 전화가 빗발쳤다. 그는 비서의 등을 두드리며 말했다.

"이 정도면 그 여자한테 준 돈의 몇 배를 건진 거야. 그 여자가 누군지야 알 길 없지만."

불 꺼진 스튜디오의 세트는 다음 녹화를 위해 서둘러 철거되고 있었다. 뒤늦게 도착한 아르바이트생이 세트 한가운데 거무튀튀한 벌레 같은 것이 있는 걸 발견하고, 집게로 집어 화장실까지 가 변기에 내던졌다. 그의 외할머니가 어릴 적에 말씀하셨다.

"죽은 줄 알았던 벌레도 금세 살아서 기어나오더라. 벌레는 꼭 하수구에 버리거라."
　아르바이트생은 돌아가신 외할머니를 추억하며 변기에 물을
내렸다.

에필로그

한갓 이구소제사에 불과했던 제불찰 씨가 영광스럽게도, 1년 반의 역사를 자랑하는 우리 동네 지역신문의 〈나 원 참 별… 이런 일도?〉난을 장식하게 된 데엔 위와 같은 곡절이 있었던 것이다, 지난달 실린 기사는 다음과 같았다.

우리 동에 3대째 살아오고 계신 유서 깊은 동민가문의 박금심 씨(64세/여)는 3일 전 마을 잔치를 위해 홍어 내장을 씻다 이상한 물체를 발견했다. 검은 벌레 같은 것이었는데, 아주 작은 쇳조각을 꼭 쥐고 있었다. 박씨는 탁월한 기억력을 토대로 이 작은 물체가 몇 달 전 TV에 나왔던 인물일지도 모른다고 생각했다. 반가운 마음에 각 신문사와 방송사에 이 사실을 제보했지만, 대부분 그 인물을 기억하지 못했고, 기억하더라도 뉴스 가치가 없다며 전화를 끊었다. 분통이 터진 박씨는 결국 역사와 전통을 자랑하는 본보로 찾아왔고, 본보 기자는 인터넷을 뒤져 그 인물이 이제는 불법으로 규정된 이구소제사라는 직업을 가졌던 제 모씨라는 것을 밝혀냈으며, 그 쇳조각은 그의 소제기일 것으로 추정했다. 덧붙여 밝히자면 제 모씨는 죽은 것이 확실하다. 박씨가 본사에 오는 길에 실수로 떨어뜨려 달리는 트럭 바퀴에 깔리는 바람에 완전히 바스러졌기 때문이다. 삼가 고인의 명복을 빈다.

이 기사를 본 서른 명 남짓의 익명의 독자들, 나를 포함한 우리 동네 백수들은 제 모씨가 도대체 누구인가에 대해 포장마차에서 밤새 설전을 벌였다. 무지한 인간들이 도통 나의 말을 믿지 않고 헛소리만 해대기에, 어쩔 수 없이 잊혀진 이구소제사 제불찰 씨에 대한 자료를 뒤져야 했고, 들인 시간이 아까워 이렇게 글로도 남겨보는 것이다.

이만 쓸데없는 짓은 관두고 쌀이나 사러 나가봐야겠다. 내기에서 딴 2만 원이면 며칠 동안 지낼 수 있겠지.

혹, 뒷이야기를 궁금해할, 할 일 없는 독자를 위해서 짤막하게 덧붙인다.

〈생방송 TV쇼―죽이느냐 살리느냐 그것이 문제로다〉의 제불찰 씨 편 시청률 기록은 아직까지 깨지지 않고 있다. 물론 사람들의 기억 속에선 이미 사라졌지만. 방송 이후 〈10분 토론〉 등의 토론 프로그램에서 제씨에 대한 이야기가 다뤄지기도 했으나 관심은 채 사흘도 이어지지 않았다. 다만 제씨에 대한 몇몇 학계 인사들의 짧은 코멘트만이 요즘도 대학의 심리학이나 생물학 교재의 부록 편에서 발견되곤 한다.

아시다시피 변호사 역을 맡았던 여자 아나운서는 가수로 데뷔해 승승장구하고 있다. 검사 역의 남자 아나운서는 배우로 전업하여 스크린을 점령했다. 둘 중 어느 누구도 작아진 인간이나 불탄 거미 따위는 기억하고 있지 않다. 하나 두 사람의 팬사이트에 들어가면 그날의 쇼를 다시 볼 수 있다.

(나도 이 사이트의 도움을 받았다는 것을 밝혀둔다.)

당국은 이런저런 이유를 들어 '이구소제사' 업을 불법으로 규정했다. 이구소제사 자격증 시험은 폐지되었으며, 기존의 이구소제사 용역회사들도 모두 강제폐업되었다. 제불찰 씨 덕에 돈방석에 올랐던 용역회사 사장은 추징된 벌금으로 가산을 모두 탕진했고, 현재 모 여대 앞에서 치명적으로 매운 닭꼬치를 팔고 있다고 전해진다.

적국과의 관계는 알 수 없는 이유로 정상화되었다. 누군가는 시간이 모든 걸 해결해준다고 말했지만, 아직도 일부 시민단체에선 수백억 달러 규모의 비자금이 적국으로 흘러들어갔다는 주장을 멈추지 않고 있다.

고양이

이를테면 해가 뉘엿뉘엿 저물 무렵 동네를 얼쩡거리다보면, 역시 아무 소일거리 없이 어슬렁거리는 고양이 한두 마리쯤은 만나게 마련이다. 방심한 채로 눈이 마주쳤다간 이런 텔레파시를 받게 된다.

'녀석, 그 속셈으로 용케도 근근이 버텨왔구나.'

화들짝 놀라 반격을 시도해봐도, 어느새 놈은 아무 관심 없다는 투로 유유히 사라진다. 정말 억울한 노릇이다. 왜 매번 똑같은 수법에 말려들고 마는지.

단도직입적으로 말해, 나는 고양이가 싫다. 정말 싫다. 전국

고양이협회에서 대변인 고양이를 통해, '종차별(種差別)적인 발언'이라며 항의한다면 별수 없이 대외적으로 사과는 하겠지만, 공은 공이고 사는 사다. 화형을 시켜도 지구는 돈다. 나는 고양이가 싫다. 고양이의 모든 것이 싫다.

〈연쇄살인고양이톰의저주〉란 노래에서도 드러나듯, 어쩌면 세상의 모든 악(惡)은 고양이들의 저주로부터 모락모락 피어오르는 것일지도 모른다. 어느 밤 건실한 가장이자 슈퍼마켓 주인인 박삼식 씨(37세)가 곤히 잠든 사이, 고양이 한 마리가 귓가에 수리수리 주문을 흘려 넣으면, 다음 날부터 박씨는 악명 높은 연쇄방화범으로 변모하게 된다, 뭐 이런 식으로 말이다.

예고도 없이 장화 신은 고양이가 찾아와 문을 두드리며 "당신을 부자로 만들어드리죠" 한다 해도, 난 "천만의 말씀"이라고 일언지하에 거절하고 경찰을 부를 것이다. 그 고양이가 정말 날 부자로 만들어줄 수 있을 거라는 건 추호도 의심하지 않는다. 그도 엄연한 고양이가 아닌가. 고양이는 모든 걸 알고 있고, 모든 걸 할 수 있다. 동시에 대부분의 고양이는 모든 걸 '귀찮아하기에' 다행히도 세상이 이만큼이나마 평화로울 뿐. 하지만 만약 내가 장화 신은 고양이의 꾐에 넘어가 그를 가까이하게 된다면, 부자가 된 지 일주일 만에 생쥐로 바뀌어 아드득아드득 씹히게 될 것이라고 확신한다.

그런 고양이가 아홉 개의 목숨을 갖고 있다는 건 전혀 놀라운 사실이 아니다. 원한다면 무한히 다시 태어날 수도 있을 것이라 추측되는데, 당신의 고양이가 도대체 몇십 번째의 삶을 살고 있는 것인지는 악마만이 알 것이다. 아내가 사랑하던 고양이가 죽어 어느 묘지에 묻고 집에 돌아와 보니 멀쩡하게 살아 있더라,

그 후로도 몇 번이나 죽게 되었으나 그곳에 묻고 돌아오면 역시
나 살아 있더라(조금씩 썩어가는 모습으로), 그러던 어느 날 아
내가 죽자, 그 아내를 고양이를 묻던 곳에 묻고 집에 돌아오는
데… 작자를 잊은 이 이야기는 틀림없이 실화를 각색한 것일 게
다. 벽 속에 시체와 함께 갇혀 있던 에드거 앨런 포의 '검은 고

양이' 역시 아직도 미시시피 근교에 서슬 퍼렇게 살아 있는 것으
로, 많은 급진적 반묘주의(反猫主義) 학자들에 의해 밝혀졌다.

　고양이들의 음모와 연관하여 최근 나를 가장 경악하게 했던
것은, 20세기 중반 이후 그들이 끈질기게 추구해왔던 '대중매체
를 통한 이미지 조작'이 어느덧 성공 궤도에 오르고 있다는 사

실이다. 톰이라는(공교롭게도 전설적인 연쇄살인고양이와 같은 이름을 갖고 있다) '착한' 고양이가 제리라는 '못된' 쥐로부터 집요하게 공격받아 파괴되어가는 모습을 몇십 년 동안이나 줄 기차게 보아온 대부분의 인간들은, 이제 자연스레 가학적인 제

리를 증오하고 고통받는 톰을 동정하게 되었다. '포식자' '가해 자' '사악한 마녀' 등으로 굳어졌던 자신들의 이미지를 불과 반 세기 만에 '순진무구한 피해자'로 교묘하게 역전시킨 고도의 정치적 테크닉엔 혀를 내두르지 않을 수 없다. 사실 나는 서구 고양이들의 이러한 정치적 성과가 한국의 고양이들을 자극하지 않을까 적잖이 우려하고 있다. 한식구인 '개'(: 내가 사랑하는!)

가 노력하여 겨우겨우 되찾아온 요술구슬을 집 앞에서 가로채 뜨끈한 아랫목을 차지했다는 한국고양이들은 그 시절 이후 비교적 조용히 지내왔던 셈이다. 그러나 최근의 세계적 조류로 볼 때, 이제 한국 고양이들도 '아랫목' 정도에 만족하진 않을 것 같다. 무서운 조짐이다.

이쯤에서 내가 이토록 고양이들의 어두운 세계에 집착하게 된 계기를 고백하는 것이 옳을 듯싶다. 세 살쯤 되었을까. 외갓집에 놀러 갔다가 무심히 한 방문을 열었다. 그런데 그곳에선 항상 나

와 함께 놀던 고양이가 방금 새끼를 낳고서 핥아주고 있었던 모양이다. 순간 외마디 '키야옹' 소리와 함께 날아온 고양이는 내 얼굴을 할퀴려다 떨어져 팔을 할퀴고는 스웨터 털실에 발톱이 걸려 대롱대롱 매달려 있었다. 미친 듯이 울어대던 나는 이런 소리를 들었다: '네 눈을 멀게 했어야 하는데.' 그때 깊이 찢어진 상처는 아직도 내 오른쪽 팔꿈치에 선명하게 남아 있다.

혹 이 글을 읽고 기분이 나빠져, 키우던 고양이를 밖에 내다

버리려 한다면: 절대 삼가시길… 집 밖으로 버려진 고양이들이 한곳에 집결했을 때 초래될 결과는 상상만 해도 끔찍하다. 안 그래도 요즘 보름달이 뜨는 밤 남산에 올라보면 모의를 꾸미며 우르르 몰려다니는 고양이들 때문에 모골이 송연해지는 판국에… 곧 모종의 변란이 닥칠 듯하다. 되도록 좋은 음식과 애무로 집 안의 고양이들을 회유하도록. 그리고 아무 생각 없이 〈고양이들〉이란 오싹한 제목의 뮤지컬이나 보러 다니는 몰지각한 인간이 없기를. 일설에 의하면 그 안에 그들의 모든 암호가 담겨 있다고 한다…

자백

　그래, 나예요. 맞다구요. 그 새끼. 가르마가 속살이 훤히 보이
도록 넓게 벌어져 있던 그 새끼 말이지. 왁슨지 무쓴지를 얼마
나 처발랐는지 그 잠깐 동안에도 오바이트 살벌하게 쏠리더라
구. 나 참. 응? 허, 왜 죽였겠어요? 생각을 해봐요. 씨바, 베를린
필 12 첼리스트 공연이었다구요. 표를 언제 샀는지 알아요? 자
그마치 두 달 전이에요. 두 달 전에 피 같은 돈 짜내서 젤 좋은
자리로 사놓고 내내 기다렸다구. 좋았냐구요? 아, 장난합니까.
예술이었지. 1부 죽음이었어요. 피아졸라로 1부 마무리할 때까
지 소름이 좍좍 돋았다니까. 근데 인터미션하고 다시 들어갔는
데 2부엔 재즈곡들을 편곡해서 연주하는 거라. 약간 밀도가 떨

어지면서 어영부영 가고 있다가 세 번짼가 네 번짼가 글렌 밀러의 문라이트 세레나데 전주 들어가면서 연주자들 집중이 다시 딱 됐어요. 됐다, 이제부터 또 고감도로 때려보자 하고 있는데 바로 그때 이런 개 좆 같은 새끼가 '삘리리리' 소리를 낸 거라. 어? 뭔 소린지 몰라요? 핸드폰 끄는 소리! 그 핸드폰 끌 때 나는 삘릴리 소리 있잖아, 졸라 거슬리는 그거. 이런, 고요한 콘서트 홀에 그 소리가 쫙 퍼지는데, 이야, 연주하는 애들이 웃데. 허탈하겠지 걔네도. 아, 근데 난 도저히 웃음은 안 나오고 열이 확 뻗치는 거라. 사람들도 다 그랬을 거야, 겨우 뭔가 되는 순간이 왔는데 그 새끼가 깽판을 쳤으니까. 그래서 할 수 없이 내가 응징을 했지. 용서가 안 돼요 그런 건, 그 순간에 전화를 왜 끄고 지랄이냐고. 아니, 끄려면 진동으로 바꾸고 끄던가, 빠떼리를 팍 빼거나 해야지 웬 삘릴리냐고. 전화 하루 이틀 끕니까? 이건 대가리가 빠가든지, 매너가 개든지, 졸라 해꼬지를 하려고 작정을 했든지 셋 중 하난데, 셋 다 용서가 안 되지. 그죠? 그래서 어쩌긴 어째. 주머니에서 첼로 줄 꺼냈지. 어, 그건 연주회 직전에 대기실에 들어갔다가, 그 누구지? 게오르그 파우스트? 그 사람 케이스에서 몰래 빼온 거야. 기념으로. 지금 그게 중요한가? 알

앉어, 담엔 같이 들어가든지. 예술의 전당 대기실 샛길은 경비도 몰라 나만 알지. 하여튼 그래서 그 첼로 줄 세 줄 한꺼번에 엮어 손에 쥐고 그 새끼 뒤로 갔지. 니미 벌써 꾸벅꾸벅 졸고 있두만 그 개새끼. 애초에 음악에 애착이 없으니까 그런 뻘짓을 그렇게 당당하게 했던 거라. 기냥 갈기고 싶은 걸 꾹 참고 타이밍 짱 잘 보고 있다가 카라반인가 끝나고 박수들 칠 때 확 졸라줬지. 새끼, 소리도 못 내고 가데. 뭐 어차피 소리를 질러봐야 관객들 환호에 묻혔겠지. 그렇게 된 거예요 쓰바, 이해가 가요? 그렇게 해둬야 담에 딴데 가서 감동의 순간에 똥칠 못한다구. 허, 아마 공연 끝나고도 한참 개 죽어 있는지 몰랐을걸? 웬 아저씨 하나가 음악회 왔다가 또 퍼져 자는구나

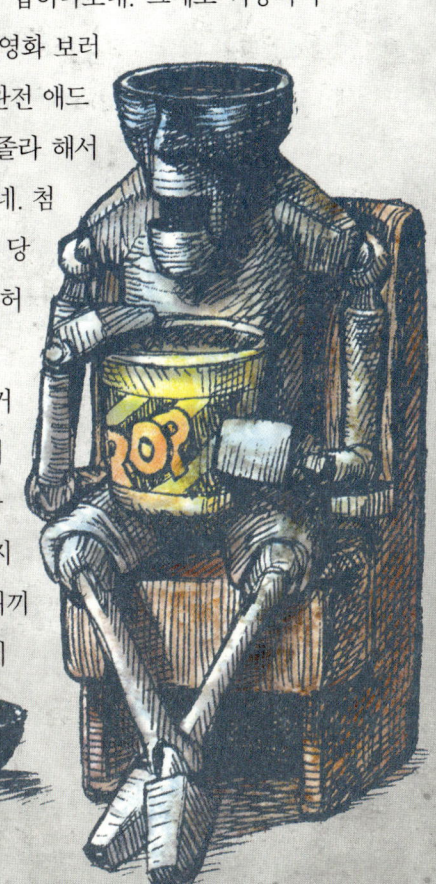

했겠지 다들. 신문에도 안 나요 그런 건. 경찰도 그런 거 챙길 만큼 한갓지지도 않고.

어이구, 이 양반 생각보다 빠르네. 〈패닉 룸〉? 그래, 그것도 나예요. 이제 슬슬 감이 잡히나보네. 그때도 짜증나서 죽는 줄 알았지. 진짜 오랜만에 영화 보러 갔는데, 앞자리 새끼 대갈통이 완전 애드 벌룬이야. 머리 스타일도 빠마 졸라 해서 가뜩이나 대두를 제곱을 해버리네. 첨 엔 나긋나긋 얘기를 했지. 이봐 당신 머리가 커서 잘 안 보이니까 허리 좀 숙여라. 그랬더니 이 새끼 가 슬쩍 야리면서 지는 덩치가 커서 더 이상 못 굽힌다는 거야. 이런 니주가리 씨방새 그걸 말이라고 하나? 남들 불편 안 주려면 지가 좀 불편해도 참아야지, 씹새끼가 졸라 뻔뻔하게 배째라고 개기

더라고. 그 새끼 땜에 나도 허리 세워 앉아 내내 까딱거려야지,
나 땜에 내 뒤 그 뒤 사람들 똑같이 뻥이 치느라 영화 제대로 못
보지, 아니 지가 공룡이면 아예 극장에 오질 말든지, 이런 개 좆
같은 새끼가 다 있어? 별수 없어. 약이 따로 없다고. 바로 배낭
에서 전기톱 꺼냈지. 요즘 공연장이나 극장 갈 때는 준비물이
졸라 많이 필요해요. 옛날하곤 배낭 무게가 완전 다르다니까.
갈수록 힘들어지는 거예요 세상이란 게. 여튼 전기톱 꺼내 들고
옆, 뒷사람들한테 눈짓으로 오케이? 했더니 다 끄덕끄덕 오케이
하는 거라. 다들 얼마나 날리고 싶었겠어. 안 물어봐도 비디오
지. 공인도 받았겠다 행동 바로 들어가. 쇠뿔, 단김, 알죠? 아니,
다 간 것도 아니야. 딱 앉았을 때 내 시선에서 화면 가리는 부분
만 눈대중으로 재고 휙 갈아줬지. 1초도 안 걸려요 그런 건. 간
단해. 피? 아, 피는 졸라 튀지. 그래도 그 정도는 참아야지 편하
게 영화 보려면. 아무 희생도 없이 뭘 얻으려고 하면 안 돼요,
그런 건 알아야 돼 자기도. 하여간 폼나게 싹 갈고 났더니 사람
들이 고맙다고 박수 톡톡톡톡 치더라고. 매너들 좋아요 요즘 사
람들. 덕분에 첨에 잡쳤던 기분도 풀고 영화 재밌게 보고 나왔
지. 골 같은 거 좀 튄 건 나오면서 화장실에서 싹 씻으면 돼. 빨

간색이야 어차피 요즘 패션이고.

응, 그건 좀 맘에 걸리긴 해요. 근데 아마 걔네는 잘살고 있을 거야. 좀 고되긴 해도 밥도 주고 잠도 재워줄걸? 그땐 무슨 무용 공연이었더라? 아, 맞아. 〈로미오와 줄리엣〉 그거. 나도 첨 보는 발레 공연이라 긴장 좀 하고, 우아 떨면서 보고 있는데 저쪽 왼쪽 옆에서 애들 둘이 계속 삐걱삐걱거리는 거야. 그, 앞의자에 발 올려놓고 퉁퉁 치고 몸 이리저리 끄덕끄덕하고 한 놈인지 년인지 칭얼거리고 아이스크림 사달라고 징징대고 야, 정말 한 땡깡 해주데. 근데 더 웃긴 건 그 엄마라는 게 실실 쪼개면서 같이 노는 거야. 니미 그렇게 지 새끼들 이뻐 죽겠으면 집에서 테레비 보면서 개짓을 떨든지. 왜 남들 괴롭히려고 극장서 공연 중에 미친 짓을 하느냐고. 빡이 확 도는데 그래도 애들이니까 참았지. 참을 인 자 셋이면 살인도 면한다잖아 왜? 그래서 분을 삼키고 휴— 심호흡하고 자제하는데, 이것들이 갈수록 도를 넘네? 한 놈이 쪼르르 통로를 뛰어나갔다가 뛰어들어오니까 다른 년이 지도 한답시고 뛰어댕기고, 직원이 와서 말리니까 엄마라는 년이 "애들이 그럴 수도 있지, 뭘 그래요?"라고 되려 눈에 심

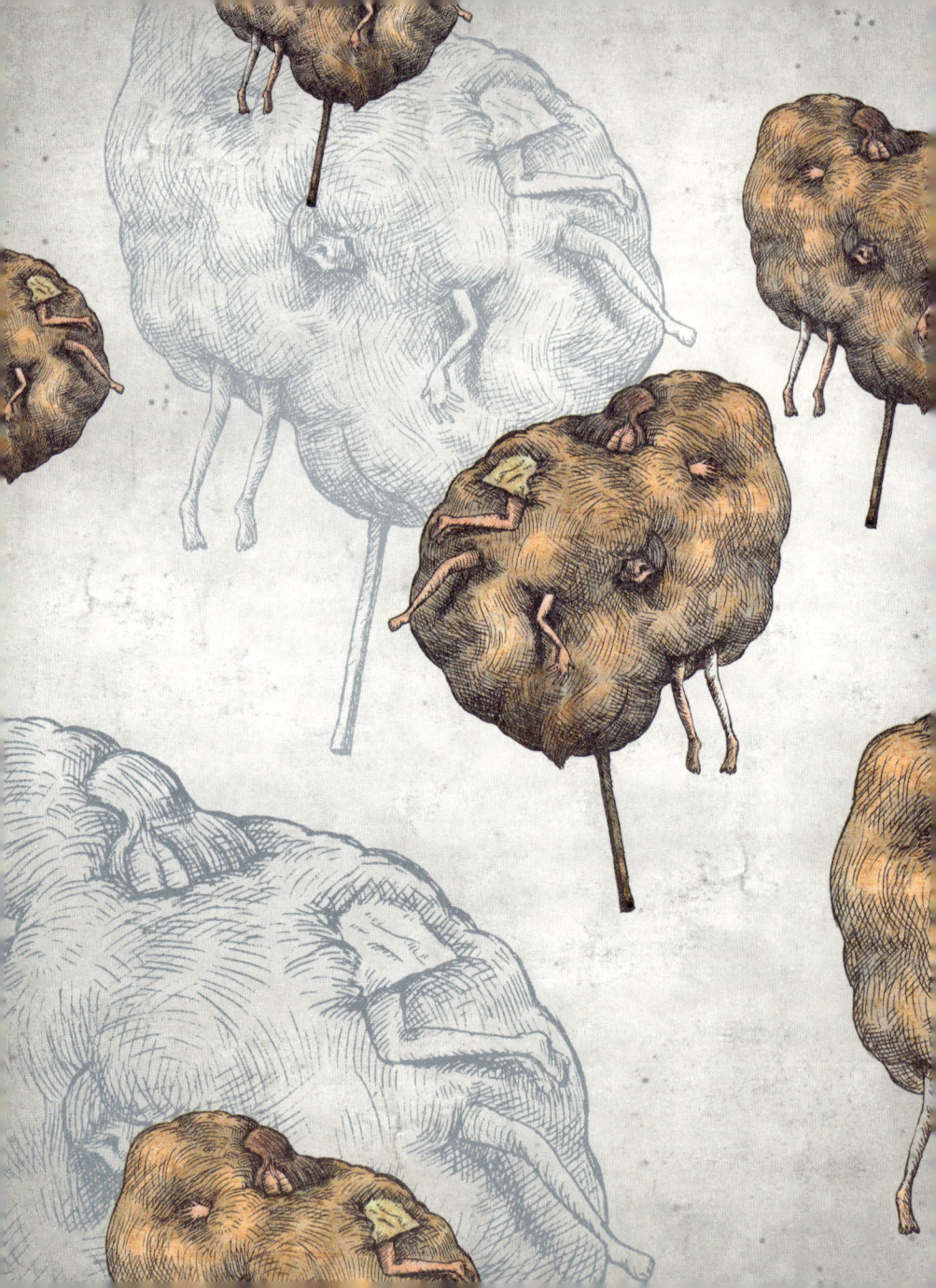

지 세우고 들이대는데 아, 그때 결심이 딱 들더라. 도저히 안 되겠다. 이건 용납 못한다. 이런 것들은 자비를 갖고 봐줄 가치도 없는 것들이다. 그래서 분연히 일어섰어요. 내가 해야지 누가 하나. 배낭에서 준비물 또 꺼냈지. 조용히 뒤로 다가가서 몽키 스패너로 한 대씩 갈겼더니 쭉 뻗지 안 뻗고 배겨? 좃도 아닌 것들이. 헤롱거리는 쓰레기들 하나씩 주워서 비닐봉지에 담았지. 애 둘에 어른 하나니까 부피가 꽤 되데. 그래서 하는 수 없이 내가 아끼던 가마니까지 꺼냈어요. 아, 그건 옛날에 우리 할머니가 주신 건데, 아직도 아까워 죽겠어. 거기 다시 담아서 조였더니 튼튼하지. 그걸 짊어지고 나가서 바로 맡겼어요. 누구한테 맡겼냐구? 모르나? 고 예술의 전당 앞에서 솜사탕 파는 아저씨 알아요? 응, 그 아저씨, 말 좀 더듬고 솜사탕 졸라 웃긴 모양으로 만들어주는, 응, 그 아저씨랑 나랑 척하면 착이거든. 그래서 아저씨한테 가서 이차저차 자초지종을 설명했더니 뭐 바로 알겠다지. 꿈틀거리기 시작하는 가마니를 당나귀 등에 턱 올리고는 바로 판 접고 떠나시더라고. 석양은 지지, 아저씨는 가마니 진 나귀 타고 그쪽으로 사라지지, 야, 그거 한 편의 그림이데. 한참 바라보고 있다가 퍼뜩 정신을 차렸어요. 아! 발레를 보고 있었다! 냅다 뛰어들어갔더니 벌써 3막이야. 많이 놓쳤다니까요, 그 잡것들 땜에. 그래도 〈로미오와 줄리엣〉이라 뭐가 어찌되었는지 짐작할 수 있었기 망정이지. 안 그랬으면 쫓아가서 마저 아작을 냈지. 아마 솜사탕 아저씨가 좋은 데 데려가서 잘 가르치고 있을 거야, 그건 믿어도 돼요. 애들은 두고 에미만 실어보낼걸 그랬나 하는 생각이 들어서 나도 찜찜하긴 하지만, 뭐어떡하나, 지난 일을.

다음 계획? 음, 이건 비밀인데, 아무한테도 말하지 말아요. 내가 요즘 젤 맘에 안 드는 게 한 가지 있는데 왜 일요일 오전에테레비에서 영화 줄거리 다 떠벌리는 프로들 있지? 걔들은 제정신이우? 옛날엔 그런 새끼들이 반에서 왕따 1호였어. 지 영화봤다고 영화 줄거리 졸라 떠들어대는 새끼. 영화 보고 있는데뒷좌석에서 지 애인한테 "쟤 쫌 있으면 죽는다" 뭐 이러는 새끼들은 바로 목구멍에 콜라병을 쑤셔 넣어버렸잖아. 아니 먼 얘기도 아니고, 몇 년 전에 〈디 아더스〉 보려고 줄 서 있는데, "니콜키드먼이 귀신이다!" 하고 외치면서 어떤 새끼가 나가더라고,바로 쫓아가서 귀부터 잡고 냅다 잘라버렸지. 젤 황당했던 건 친구랑 〈숨바꼭질〉 보러 갔을 때, 또 간댕이 부은 새끼가 "로버트 드 니로가 찰리래요" 그러고는 졸라 낄낄거리면서 가는 거야. 내가 친구랑 사람들 선동해서 그 새끼 잡았잖아. 과도 딱 들고 산 채로 껍질 천천히 벗겨주면서 옆에서 사람들이 소금 뿌리고. 간댕이 부은 새끼가 울기는 왜 그렇게 우는지. 원래 비열한 새끼들이 꼭 그렇게 밸이 없어요. 그 새끼 죽창에 꽂아서 석 달인가? 〈숨바꼭질〉 상영하는 내내 시네시티 앞에 걸어놓았었지. 자기도 봤나? 그렇게 해놔야 딴 새끼들이 개짓을 못해. 근데 요즘엔 테레비 3사가 하나같이 정신나간 짓을 하데. 아니 씨바 코미디는 웃긴 장면 다 보여주고, 액션은 내세울 장면 다 보여주니까 막상 극장에 가면 니미 벌써 한 번 본 영화 다시 보는 거 같애. 도저히 안 되겠다니까. 이 새끼들 가만히 있으면 좋아하나보다 그러고 더 해대는 게 습성이야. 두고 봐요. 다음 주말께 폭발사고 몇 건 생길 거요. 고맙단 말은 필요 없으니까 집에서 조용히 박수나 쳐줘.

잃어버린 우산들의
도시

— 1 —

"어디까지 가는가?"

자정이 가까운 시각, 지하철 좌석에 앉아 꾸벅꾸벅 졸고 있는 데, 누군가 말을 걸었다.

"그렇게 하염없이 졸다간 역을 지나치고 말지."

친구들이 강권하는 술을 모두 받아 마신 후 막차를 놓치지 않으려고 역까지 전력으로 뛰어온지라 온몸이 노곤한 졸음에 젖어가고 있었기에, 금속성의 소리가 유난히 귀에 거슬렸다. 한쪽 눈을 배시시 떠 소리가 들려온 옆자리를 봤더니, 사람은 없고, 푸른색의 우산 하나만 덜렁 놓여 있었다. 이런. 이럴 줄 알았다. 또 잃어버린 우산이다. 대략 한 달에 한두 번은 벌어지는 일이다. 세상엔 잃어버린 우산들이 유난히 만만하게 보고 말을 거는 타입의 인간이라는 것이 존재하는 모양이다. 헤어스타일 탓인지도 모른다.

"종착역까지요. 걱정하지 않아도 되니까, 그냥 자게 내버려둬요."

퉁명스레 쏘아붙이고 다시 잠을 청하려는데, 물방울 튀는 소리가 다시 들려왔다.

"그래? 동행이구먼. 난 어디로 가는지, 궁금하지 않아?"

이쯤 되면 잠자기는 글렀다. 신경질이 나 머리를 흔들고 주위를 돌아보니 이미 우산으로부터 멀리 자리를 피한 아줌마, 아저씨들이 여기저기서 킥킥대고 있었다. 잘 걸렸네, 구경이나 하자는 심보가 얼굴에 가득하다. 이러니 함께 사는 사회 따위는 여전히 요원한 것이다. 그래. 기왕 이렇게 된 거, 낡은 우산이랑 말동무라도 하면서 가는 것도 나쁘진 않겠지. 좀 피곤한 족속이긴 하지만.

"어디로 가는데요? 종착역에 내려서 시외버스라도 타시나?"

"나는, 하하, 드디어, 잃어버린 우산들의 도시로 간다!"

푸른 우산의 목소리는 한껏 들떠 있었다. 순간 내 귀를 의심할

수밖에 없었다. 잃어버린 우산들의 도시? 우산들의 전설 속에나 존재한다는 그 도시 말인가?

하나 내 쪽에서 먼저 몸이 달아 질문을 퍼붓다간 콧대 높은 우산이 빙빙 돌리는 말장난에 농락당하기 십상이다. 나는 짐짓 심드렁한 척 되물었다.

"잃어버린, 우산들의, 도시라? 그런 건, 금시초문인걸요?"

푸른 우산은 내 말을 못 들었는지 날개를 펄럭거리며 말을 이었다.

"결국, 마침내, 기어이 이날이 올 줄 알았지. 오늘 아침, 출근하던 나의 네 번째 주인녀석이 나를 집어들었을 때 말야, 그것도 정신없이 집 밖으로 뛰어나갔다가 이내 다시 돌아와 우산통 속의 여러 친구들 중에 하필이면 나를 집어들었을 때 말야, 나는 그날이 오고야 말았다는 걸 직감했어."

푸른 우산은 자신의 이야기에 도취되어 내 반응 따위는 안중에도 없었다. 그렇다면 이야기를 캐내기는 한결 쉬워진 셈이다. 뜻밖의 횡재인걸. 난 조금 더 큰 목소리로 다시 한 번 물었다.

"그러니까, 그 잃어버린 우산들의 도시란 게, 뭔데요?"

우산은 불쾌한 듯 멈칫하더니 '이 마당에 용서 못할 게 무어란 말인가'라는 듯 선택받은 자의 미소를 머금고는 친절한 어조로 말을 이었다.

"우리 우산들은 컨베이어 벨트에서 앙상한 뼈대가 조립될 무렵부터 그 도시 이야기를 하지. 그 도시는, 말하자면 말야, 모든 우산들이 도달하고 싶어하는 낙원이라 할 수 있어. 어떤 우산은 공장에서 나온 지 하루 만에 그곳으로 직행하는 기적을 겪기도 하지만, 어떤 우산에겐 수십 년이 걸리기도 하지. 물론 영영 그곳에 도달하지 못한 채 찢기고 구부러져 휴지통에 버려지는 대부분의 평범한 우산에 비하면 그것조차 엄청난 행운이지만 말야.

전설에 따르면, 산전수전을 다 겪은 낡은 우산이, 우여곡절 끝에 비틀거리며 그 도시의 관문에 들어서면 수천만 개의 우산들이 동시에 날개를 펴고 하늘로 날아올라 빙글빙글 도는 춤을 추며 그 어린양을 환영한다네. 수많은 우산들이 태양을 가려 대낮에도 도시 전체가 어두워질 정도라니 말 다했지 뭐야. 우산들은 극진한 정성으로 어린양을 씻고 다듬어, 몇 시간 만에 젊고 싱싱한 새 우산으로 만들어준다는 거야. 그러곤 그곳에서 영생을 누리는 거지."

말하는 도중에 푸른 우산은 갑자기 뛰어올라 날개를 활짝 펴고 빙글 한 바퀴 도는 시범을 보여주기까지 했다. 나도 모르게 그 멋진 퍼포먼스에 감격해 손뼉을 치다, 주위의 시선에 겸연쩍어져 두 손을 허리춤에 감췄다.

3

그때 열차가 서서히 지상으로 오르기 시작했다. 다리를 건너는 중이었다. 차창 밖으로 가로등 불빛에 비치는 세찬 빗줄기가 보였다. 소나기다. 하루 종일 오락가락하는 비. 아까 지하철을 탈 때만 해도 비는 내리지 않았는데. 갑자기 궁금한 것이 떠올랐다.

"근데 말이죠, 그 도시에는 비가 많이 내리죠? 아니, 언제나 비가 내리겠죠?"

"비? 비 따위는 오지 않아."

푸른 우산은 단호히 말했다.

"비가 안 온다구요? 아니, 우산들의 도시에 비가 오지 않는다니?"

"우리 우산들의 삶을 고단하게 만드는 원흉이 뭔지 아나? 바로 비야. 그놈의 지긋지긋한 비 때문에 우린 마구 펼쳐져 흠뻑 젖었다가 맑은 날엔 어느 구석에 버려진 채로 서서히 녹슬게 되지. 우리의 낙원에 그런 고통이 존재해서 되겠나. 아무렴. 우리가 그 빛나는 도시에 가서까지 비를 맞으며 고생해야겠나? 누구를 위해서? 자네 같은 인간들을 위해서? 왜? 그곳엔 인간은 존재하지도 않는걸? 온전히 우산만을 위한 세상이란 말이야. 알겠나? 믿을 수가 없어. 내가 지금 그곳으로 가고 있다니. 하하하하, 하하하하하."

"하지만."

난 무언가 이야기하려다 입을 닫았다. 우산이란 것의 존재이

유에 대한 따분한 얘기를 꺼냈다간 당장 푸른 우산의 들뜬 기분을 상하게 할 것 같았고, 결정적으로 환승역에서 갑자기 많은 사람들이 차내로 밀려 들어와, 푸른 우산과 나 사이를 메워버렸기 때문이었다.

난 다시 앞을 바라보며 잃어버린 우산들의 도시의 모습에 대해 상상해보려 했다. 우산들이 줄을 지어 빙글빙글 도는, 영화 〈싱잉 인 더 레인〉의 한 장면만 계속해서 떠올랐다. 그 외엔, 도대체 이 우산들이 어떻게 살고, 사랑하고, 즐기고, 꿈꾸는지 짐작조차 할 수 없었다. 뿌연 상상의 구름 속에 잠겨 있을 때, 누군가 날 흔들며 말했다.

"일어나요 아저씨, 종착역이에요. 내려요."

눈앞이 흐릿했다. 점점 선명해지는 시야엔 한심하다는 듯 나를 바라보는 초록색 옷의 공익근무요원이 보였다. 난 황급히 입가의 침을 닦고, 주위를 둘러보았다. 이미 모든 사람이 내리고, 객차는 불도 반쯤 끈 상태로 멈춰 서 있었다. 고개를 꾸벅이고 일어나 얼른 열차에서 내렸다. 그때, 뒤에서 공익요원이 나를 불러 세웠다.

"아저씨, 우산 가져가야죠!"

돌아보니 푸른 우산이 그의 손에 들려 있었다. 나는 머뭇거리다 대답했다.

"그거, 내 거 아니에요."

"그래도 갖고 가요. 밖에 비 많이 와요."

순간 생각이 고속열차처럼 빠르게 머릿속을 스쳐 지나갔다.

"아니에요. 그 우산, 따로 갈 데가 있어요."

공익근무요원은 미간을 찌푸리며 고개를 갸웃거리다. 알아서 하라며 푸른 우산을 들고 다음 객차를 향해 뛰기 시작했다. 난 보이지 않을 때까지 그와 우산을 바라보며 서 있었다. 내가 잘못 본 것이 아니라면, 그때 우산은 웃고 있었다.

지문사냥꾼

1

달은 정확히 반으로 쪼개진 채 검은 하늘에 박혀 있었다. 구름 몇 개가 무서운 속도로 그 위를 지나쳤다. 스산한 바람이 불자 어미들은 황급히 제 자식들을 집 안으로 불러들였다. 늑장을 부리던 꼬마는 머리를 쥐어박히곤 울면서 끌려들어가고 있었다. 대문이 철컹철컹 소리를 내며 차례로 닫혔다. 감옥의 소등시간에나 들릴 법한 육중한 소리의 연속이었다. 순식간에 거리는 낙엽 몇 개만 굴러다니는 황량한 공간이 되었다. 그리고 바로 그때 멀리서 어지럽게 말발굽 소리가 들려왔다.

다음 날 아침 사람들은 웅성거리며 광장으로 모여들었다. 어제만은 아무도 당하지 않았기를 기원했던 사람들은 바닥에 엎드려 통곡하고 있는 이들을 보고 망연자실했다. 희생자는 세 사람이었다. 술에 절어 있는 노인과, 직업을 알 수 없는 20대 초반의 처녀, 그리고 무엇엔가 홀린 듯 동공이 풀린 소년이었다. 셋 모두 머리를 땅에 처박고 두 손을 하늘을 향해 들어올린 채 울고 있었다. 역한 술 냄새를 풍기는 노인이 알아듣기 힘든 소리로 울먹거렸다.

"사라졌어, 사라졌다구. 그놈이 다 가져가버렸어!"

사람들은 공포와 동정이 뒤섞인 표정으로 마지못해 그들의 손가락 끝을 들여다보았다. 그의 말대로였다. 세 사람의 서른 개의 손가락엔 지문이 모두 사라진 뒤였다.

도시의 총독은 아침 9시 반이 되어서야 느지막이 사무실에 도착했다. 어제의 광기 어린 주연(酒宴)의 흔적이 그의 얼굴과 몸

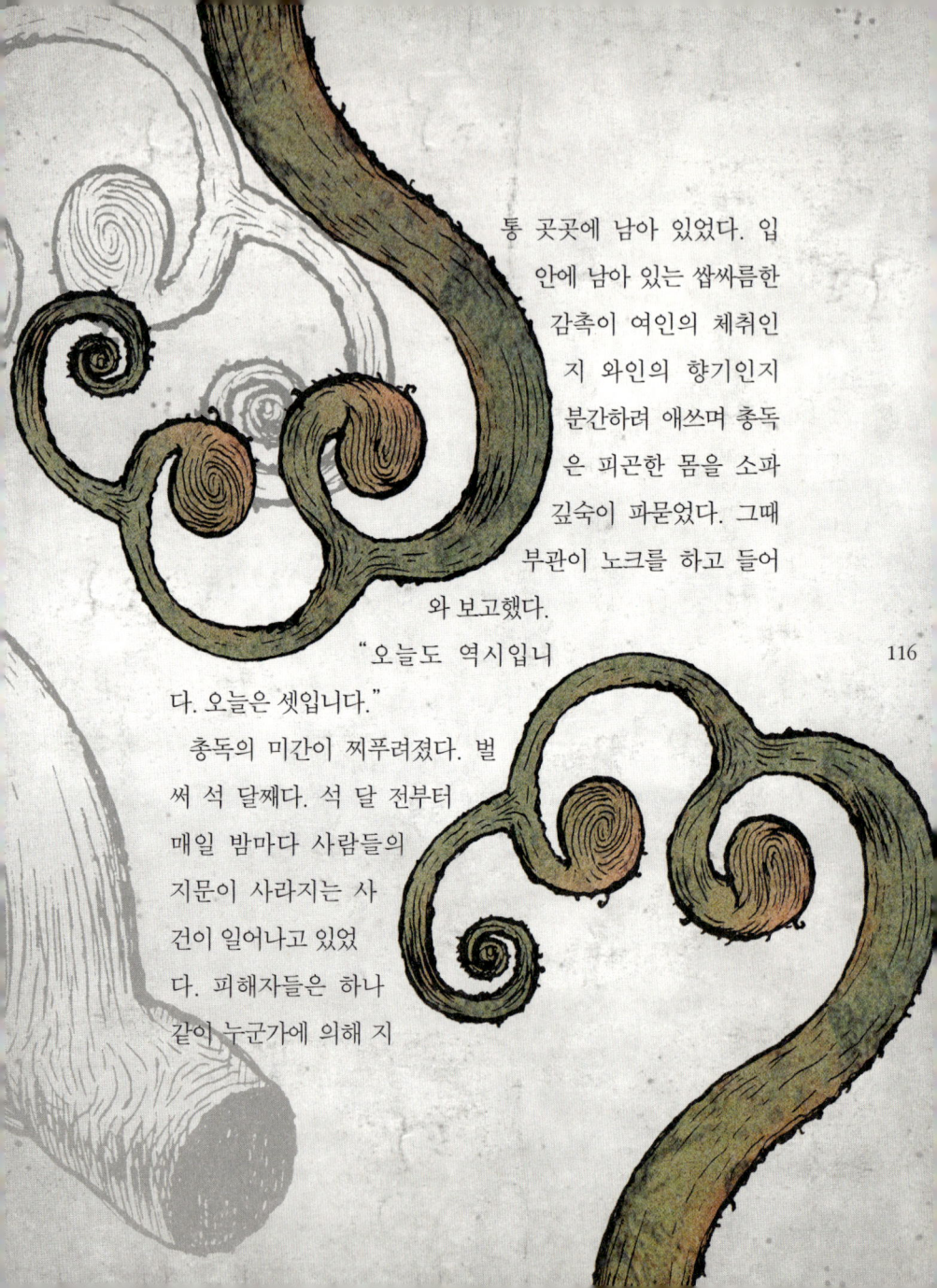

통 곳곳에 남아 있었다. 입
안에 남아 있는 쌉싸름한
감촉이 여인의 체취인
지 와인의 향기인지
분간하려 애쓰며 총독
은 피곤한 몸을 소파
깊숙이 파묻었다. 그때
부관이 노크를 하고 들어
와 보고했다.

"오늘도 역시입니

다. 오늘은 셋입니다."

총독의 미간이 찌푸려졌다. 벌
써 석 달째다. 석 달 전부터
매일 밤마다 사람들의
지문이 사라지는 사
건이 일어나고 있었
다. 피해자들은 하나
같이 누군가에 의해 지

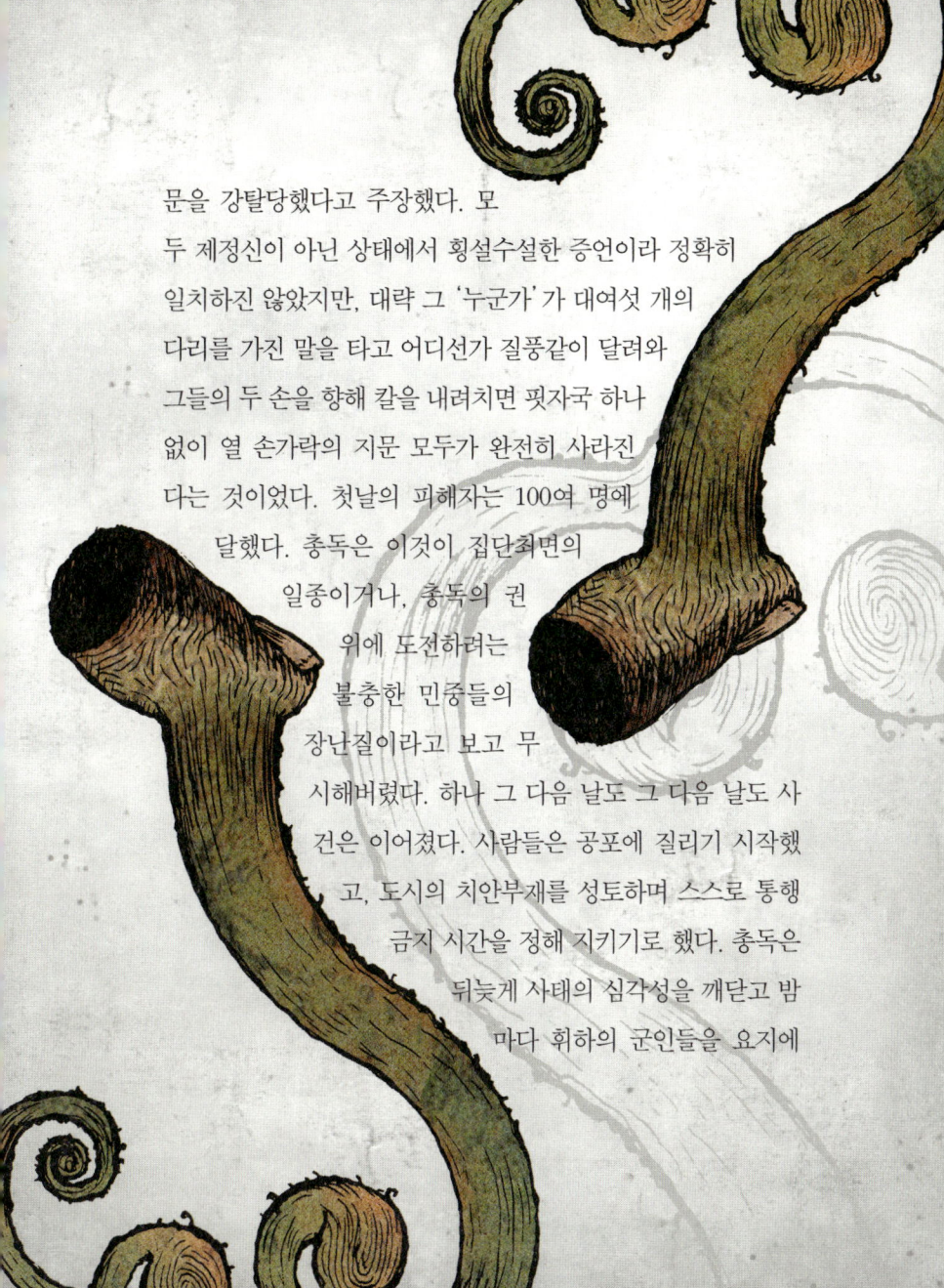

문을 강탈당했다고 주장했다. 모
두 제정신이 아닌 상태에서 횡설수설한 증언이라 정확히
일치하진 않았지만, 대략 그 '누군가'가 대여섯 개의
다리를 가진 말을 타고 어디선가 질풍같이 달려와
그들의 두 손을 향해 칼을 내려치면 핏자국 하나
없이 열 손가락의 지문 모두가 완전히 사라진
다는 것이었다. 첫날의 피해자는 100여 명에
달했다. 총독은 이것이 집단최면의
일종이거나, 총독의 권
위에 도전하려는
불충한 민중들의
장난질이라고 보고 무
시해버렸다. 하나 그 다음 날도 그 다음 날도 사
건은 이어졌다. 사람들은 공포에 질리기 시작했
고, 도시의 치안부재를 성토하며 스스로 통행
금지 시간을 정해 지키기로 했다. 총독은
뒤늦게 사태의 심각성을 깨닫고 밤
마다 휘하의 군인들을 요지에

배치했으나, 며칠도 안 돼 그들 모두의 지문이 사라진 것을 보고 결국 야간경비를 포기하고 말았다. 엄격한 외출금지로 인해 피해자가 점점 줄긴 했지만, 취객이나 만용에 젖은 젊은이, 혹은 외부에서 도착한 여행자들의 피해는 끊이지 않았다. 도시는 그야말로 공황상태였다. 총독은 행여나 수도의 '그분'으로부터 문책을 당하지 않을까 안절부절못했다. 하나 총독으로서의 행정조치는 취하지 않을 수 없었다. 그는 부관에게 명령했다.

"재산을 압류하고 일가족 모두 수용소로 보내. 지문이 없는 자는 신원확인이 불가능한바, 공화국의 법률에 따라 일가족의 시민권을 박탈하고 평생 강제노동에 처한다."

2

L은 난생 처음으로 한낮에 찻집에 앉아 차를 마시고 있었다. 어젯밤엔 성과가 썩 좋지 못했다. 더욱이 어린 소년이 말발굽 소리에 놀라 뒤를 돌아보았을 때의 겁에 질린 눈빛은 여전히 마

음에 걸렸다. 그는 찻잔 속을 스푼으로 휘저으며 기억을 흐리려 애썼다. 사사로운 감정에 휘둘려선 안 돼. 나는 국가의 명령에 따르고 있을 뿐이다. L은 찻값을 치르고 거리로 나왔다. 대낮인데도 사람들이 두셋씩 무리 지어 서둘러 걸음을 옮기고 있었다. 주위를 두리번거리는 눈빛은 흡사 초식동물의 그것과 같았다. L은 일말의 죄책감을 느꼈으나 곧 누구도 자신을 알아보지 못한다는 사실에 힘을 얻었고, 약간 우쭐해지기까지 했다. 마차의 통행도 거의 사라져 한산한 길을 건너며 L은 석 달 전 수도의 총사령부에 불려가 받은 다짐을 다시 한 번 상기했다.

"되풀이하지만 현재의 노동력 부족 사태는 절대적인 국가위기 상황을 초래하고 있네. 자네의 비밀임무는 그 위기를 타개하기 위한 특단의 대책일세. 강제동원 가능한 노동력을 확보하기 위해 자네의 충정이 필요한 걸세. 국가가 자네에게 베풀어준 시혜에 감사하며 최대의 성과를 이끌어내리라 믿네."

L은 담배에 불을 붙이며 오늘 밤엔 어느 골목으로 나갈까 머릿속을 더듬고 있었다.

3

밤이 오자 짙은 안개가 도시를 뒤덮었다. 인적이라곤 찾아볼 수 없는 거리의 공허를 메우려는 듯 안개는 빽빽하게 들어찼다. 그때 그림자 하나가 주택가의 담벼락을 따라 재빠르게 움직였다. 다람쥐처럼 날렵한 몸짓으로 한 건물에 다다르더니 작은 창문을 뜯어내곤 순식간에 그 속으로 사라졌다.

그림자는 빈집이라는 것을 확인하고서 온몸을 감싸고 있던 망토를 벗어던졌다. 두어 번 머리를 휘젓고 나자 길고 검은 머리채가 어깨까지 흘러내렸다. 열여섯 소녀 J는 여덟 살 때부터 좀도둑 아버지를 따라다니며 도둑질을 배웠다. 아버지는 젊은 시절 솜씨가 좋기로 유명했다지만 J가 열 살 되던 무렵부터 전에 없던 실수를 저지르기 시작했다. 훔친 물건을 어딘가에 묻어두고는 이튿날 어디 묻었는지 완전히 잊어버린다든지, 한번 털었던 집을 잠시 후 다시 찾아간다든지 하는 어처구니없는 실수들이었다. J는 그 모든 게 아버지가 언제부터인가 탐닉하는 술 때문이라고 생각했지만, 미처 말리기도 전에 아버지는 도시 외

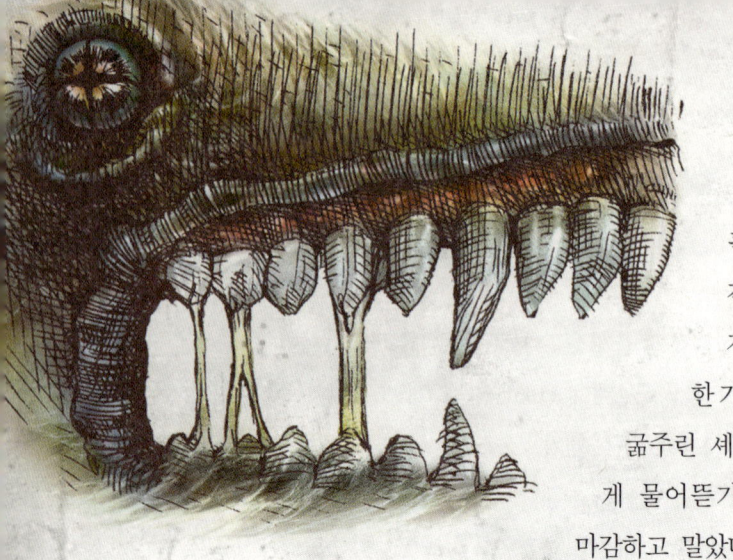

곽에 있는
감찰관의
저택 정원
한가운데서
굶주린 셰퍼드들에
게 물어뜯기며 생을
마감하고 말았다. 그 저
택 역시 바로 전날 그가 몰래 침입했다가 기적적으로 빠져나오
는 데 성공한 집이었다. 만류를 뿌리치고 저택에 다시 잠입하려
는 아버지를 보며 J는 처음으로 이것이 단순한 술 문제가 아닐
지도 모른다는 생각을 했지만, 눈앞에서 개들에게 물어뜯기며
비명을 지르는 그의 모습을 목격하는 순간 아버지에 대한 생각
을 영원히 하지 않기로 했다. 그날 이후 J는 혼자서 일하기 시작
했고, 곧 아버지보다 더 뛰어난 빈집털이로 자라났다.

석 달 전부터 사람들이 지문을 빼앗기고 어디론가 끌려가는
일들이 벌어지기 시작했을 때, J는 본능적으로 이게 기막힌 기
회라는 것을 알아차렸다. 그녀는 창문을 통해 비치는 불빛과 그

림자의 형태만으로도 빈집인지 아닌지 바로 알아낼 수 있었다. 모든 사람이 밤이면 집 안에 틀어박힌다는 것은, 거꾸로 말하자면 어디론가 끌려간 사람들이 살던 빈집들은 이 빠진 자리처럼 분명하게 눈에 들어온다는 것을 의미했다. 갑자기 들이닥칠 집주인을 걱정하며 서두를 이유도 없었다. 사건 발생 3일 후에야 압류 딱지를 들고 찾아올 관리들과 마주치지만 않으면 안전한 것이다. 여유롭게 작업을 마치고 거리로 나와도 새벽녘 거리엔 아무도 없었다. J는 저승으로 떠난 아버지가 선물한 것 같은 이 행운을 만끽하며 매일 밤 빈집을 찾아다녔다. 알토란 같은 귀금속이나 현금은 그녀가 다 챙겨가고, 서류를 작성하느라 3일을 허비한 관리들은 낡아빠진 가구나 떠안게 된다는 사실이 더욱 통쾌했다. 오늘도 J는 집 안의 값나가는 물건을 모두 가방에 담고 다시 창을 열었다. 창틀을 넘으려 책상에 발을 디뎠을 때 자그

마한 액자 하나가 눈에 들어왔다. 젊은 부모와 어린 아들 둘이 찍힌 가족사진이었다. 이들은 어디로 끌려갔을까. 멍하니 사진을 바라보던 J는 이내 머리를 질끈 동여매고 망토를 뒤집어쓰고는 아직도 안개가 짙게 깔린 거리 속으로 눈 깜짝할 사이에 사라져버렸다.

━◆ 4 ◆━

　지문강탈 사건에 대한 소문은 차차 인근 지역으로 퍼져나갔다. 도시의 총독은 일련의 사건에 대한 보도를 전면 통제했지만, 사람들의 입에서 입으로 전해지는 소문까지 막을 순 없었다. 흉흉한 이야기들에 대한 반응은 각양각색이었다. 일부는 예전부터 떠도는 허황한 도시괴담의 변종이라며 코웃음쳤고, 일부는 몰래몰래 자식들의 통금시간을 앞당겼다. 지문사냥꾼의 이야기는 사람들의 상상력과 접붙어 점점 빠르게 퍼져가고 있었다.

도시 근교의 농촌마을에서 아이들을 가르치고 있는 여교사 C
역시 처음엔 이 이야기를 단순한 흥밋거리로만 여겼다. 하나 어
느 날 한 아이가 "그럼 길 가다 지문사냥꾼이랑 툭 부딪치면 지
문이 다 사라지는 거예요?"라고 물으며 울음을 터뜨린 순간, 어
린 시절의 어떤 기억이 마치 폭발하듯 머릿속을 가득 채웠다.
어릴 적 한 마을에서 자라던 소년에 대한 기억이었다.

마을은 수백 년 동안 금욕적인 종교규율을 지켜왔다. 그러던
어느 날 한 처녀가 임신을 한 것이 발각됐다. 마을은 발칵 뒤집
혔고, 처녀의 부모는 결국 성난 군중에게 딸을 내주고 말았다.
군중은 처녀의 목에 밧줄을 묶어 마을 입구의 큰 나무 앞으로
끌고 갔다. 그곳에서 사제는 분노에 찬 설교를 퍼부었고, 사람
들은 힘을 합해 밧줄을 나무 꼭대기에 걸고 힘껏 당겼다. 처녀
는 버둥거리며 나무 꼭대기로 끌려 올라갔다. 한 시간이 넘는
끔찍한 발작 후에야 움직임이 멈췄고, 죽은 처녀는 크리스마스
트리의 별 장식처럼 나무 꼭대기에 매달린 채로 몇 달 동안 방
치되었다. 마을 사람들은 나무 앞을 지날 때마다 성호를 그으며
처녀의 죄악으로 인해 자신들이 천벌을 받게 되지 않기를 간절

히 빌었다.

　이상한 일은 그 후에 일어났다. 목숨을 잃고 매달린 상태에서도 처녀의 배는 조금씩 불러왔다. 워낙 높고 큰 나무라 사람들은 그걸 알아채지 못했다. 수태로부터 아홉 달이 지난 어느 밤, 죽은 처녀의 다리 사이로 아기 하나가 빠져나왔다. 마침 그 앞을 지나던 마부에 의하면, 아기는 자신의 이로 탯줄을 끊고 나무 꼭대기에서 땅으로 떨어졌다고 한다. 피범벅이 된 아기를 마부가 안아 집으로 데려갔고, 그 후 아기는 마부의 집에서 자라나게 되었다. 마부는 아기가 잔인하게 죽임을 당할까 두려워 누구에게도 그 사실을 알리지 않다가, 죽기 직전 사제에게 고백했다. 이미 아이가 열 살이 될 무렵이었으니, 마을 사람들도 불쌍히 여겨 거두어주리라 생각했던 것이리라.

　하나 마부가 죽고 나자 아이는 곧 마을의 천덕꾸러기가 되었다. 보살펴줄 사람 없는 아이는 학교에서도 쫓겨났고, 거리를 배회하며 사람들이 버린 음식 찌꺼기로 연명할 수밖에 없었다. 쏟아져오는 구타와 조롱에 지친 아이의 눈빛은 적개심에 불탔고, 사람들은 그걸 보고 "역시 사악한 씨는 달라"라며 수군댔다. 결국 어느 날 아이는 마을에서 완전히 종적을 감추고 만다.

    C가 떠올린 기억은 바로 그때의 일이다. 그날도 마을 아이들은 거지꼴을 한 소년을 둘러싼 채 돌을 던지고 있었다.
    "더러운 씨! 더러운 놈! 천벌의 나무에서 떨어진 놈!"
    아이들은 노래를 부르며 토끼사냥을 하듯 마을 광장으로 L을 몰았고, 지나가던 어른들은 여느 때처럼 누구도 제지하지 않았다. 마침내 소똥과 말똥이 가득 쌓인 마차 쪽으로 L을 몰고 간 아이들은 누가 먼저랄 것도 없이 L의 팔과 다리를 들어 그를 똥 속으로 처넣었다. 소녀 C는 멀리 숨어 그 광경을 바라보고 있었다. C는 한때 소년과 절친한 사이였지만, 소년의 비밀이 밝혀진 뒤로는 부모의 엄명대로 그와 단 한 마디도 나누지 않고 있었다. 똥통에 처박힌 소년을 위해 아무것도 해줄 수 없다는 게 너무도 미안했던 C는 눈물을 터뜨렸다. 한데 바로 그때, 그 일이 일어났다. 똥통 속에서 소년이 갑자기 귀를 찢을 듯한 비명을 지르기 시작한 것이다. 동시에 마을 광장 전체가 어두워졌다. 갑자기 어두워진 하늘을 올려다보는 아이들에게로 소년이 뛰어들었다. 이제까지 한 번도 저항하지 않았던 소년이었다. 아이들은 당황해서 어쩔 줄 몰랐다. 소년은 그들을 하나하나 끌어안았다. 때리거나 목을 조르거나 하는 것이 아니었다. 그저 아이들을 힘껏 끌어안을 뿐이었다. 안긴 아이들은 넋을 잃은 듯 눈이 뒤집힌 채 벌벌 떨고 있었다. 곧바로 어른들이 달려와 소년을 아이들에게서 떼어냈다.

"이 더러운 새끼가 누굴 건드려!"

소년은 거의 죽기 직전까지 두들겨 맞아야 했다. 어른들과 아이들이 모두 떠난 뒤, 똥과 피로 뒤범벅이 된 소년은 광장 바닥에 쓰러져 키득거렸다. C는 그때까지 멀찍이 몸을 숨긴 채 몸을 떨며 울고 있었다. 그녀가 할 수 있는 일은 아무것도 없는 것 같았다.

다음 날 소년은 마을에서 사라졌고, C는 이상한 일을 발견했다. 그녀의 왼손 손금이 흔적도 없이 사라진 것이다. 학교에 가자 어제 마을 광장에 있었던 아이들 모두에게서 이상이 발견됐다. 어떤 아이는 두 눈 속의 검은자가 사라졌고, 어떤 아이는 혀를 잃었다. 어떤 아이는 웃는 법을 잊었고, 어떤 아이는 아예 그때까지의 모든 기억을 상실했다. 충격에 휩싸인 교사와 부모들은 이 무서운 상황에 대해 어찌할 바를 모르고 통곡했다. 그 후 사람들은 소년과 그 어미, 그리고 마을 광장 일 모두에 대해서 영원히 침묵하기로 했다. 그 무거운 침묵은 지금까지 한 번도 깨진 적이 없었다. C는 완전히 잊고 있던 이 모든 일을 생각해 내고는 조심스레 왼손을 펼쳐보았다. 손바닥은 마치 물고기처럼 매끈했다. C는 그걸 바라보며 이렇게 되뇌었다.

"내가 가서 그를 만나야 해."

5

다시 밤이 왔다. 자정이 되자 L은 나갈 채비를 서둘렀다. 창밖엔 폭우가 퍼붓고 있었다.

"이런 밤 나가봐야…"

중얼거리던 L은 몇 주 전 역시 폭우 속에서, 집 나간 강아지를 찾아 나선 중년 여인을 잡아낸 것을 떠올리고는 투구를 썼다. 어차피 집 안에 있어봐야 사방의 벽이 자꾸 자신을 향해 다가오는 듯한 극심한 불안과 밤새도록 싸워야 할 뿐이었다. 게다가 오늘은 감찰관이 그를 특별히 저택으로 초대한 날이기도 했다. L은 대문을 열고 칠흑 같은 어둠 속으로 발을 내디뎠다. 빗줄기가 육중하게 어깨 위로 떨어졌다. 통증이 곧 찌릿한 쾌감으로 이어졌다. 지붕도 없는 마구간에서 꼼짝없이 비를 맞고 서 있던 말 역시 L이 다가오자 반가운 듯 앞발을 굴렀다. 이 녀석, 뭘 안다고. L은 희미한 미소를 띠며 말의 콧잔등을 쓰다듬고는 번쩍 올라타 옆구리에 박차를 가했다.

J는 늦은 저녁을 먹고 정신없이 곯아떨어져 있었다. 담벼락 위에서 발을 헛디디는 꿈에 화들짝 깨어 시계를 보니 벌써 자정이었다. 젠장, 이렇다니까. 아버지가 살아 있을 땐 상상도 할 수 없는 일이었다. 아버지는 늘 해질녘부터 밤일 나갈 준비를 했다. 각종 도구들을 늘어놓고 꼼꼼히 닦고 점검했다. J는 "어제 닦았는데 뭘 또 닦아"라며 투덜댔지만, 아버지는 "오늘 소홀히 하면 내일 또한 그럴 것이요, 어느 날 어느 대문 앞에서 낭패를 볼 것이니라"고 잠언이라도 들려주듯 꾸짖었다. 식은 커피를 들이켜며 그럴 때의 아버지 얼굴을 떠올려 보려 했으나 허사였다.

J는 짧게 한숨을 내쉬고 망토 끈을 졸라맸다. 대문을 열었더니 굵은 빗줄기가 미친 듯이 쏟아지고 있었다.

먼 길을 지나 C가 도시 외곽에 도착해 시계탑을 봤을 때 시각은 자정을 가리키고 있었다. 마부는 몇 달 전부터 이곳까지만 왕래하고 있다며 도심으로 진입하는 것을 거부했다. 폭우 속의 진흙탕 위로 C가 내리자마자 마부는 황급히 마차를 돌려 어둠 속으로 사라졌다. 빗줄기에 무기력하게 구겨지는 우산을 펼치며 C는 도시를 바라봤다. 간간이 켜진 불빛들이 울먹이고 있었다. 이렇게 밑도 끝도 없이 와서 그를 만날 수 있을까. 오늘 묵을 곳이나 찾을 수 있을까. C는 외투 옷깃을 여미고 알지 못하는 도시 속으로 다가가기 시작했다. 길 위엔 아무도 없었고, 비와 어둠이 한 덩어리가 되어 그녀를 덮쳐눌렀다. C는 숨이 가빠 자꾸만 멈춰 서야 했다.

6

말을 달리는 L의 눈 속으로 연신 비가 들이쳤다. 한 손으론 고삐를 잡고 한 손으론 눈을 비비며, L은 이 도시에 처음 들어온 날을 떠올렸다. 그때, 흘러내리는 눈물 콧물을 닦던 그의 소매는 매끈해져 있었다. 도시의 입구로 들어서자 곧 사람들이 넝마 같은 옷을 걸친 꾀죄죄한 몰골의 소년을 둘러쌌고, 웅성대는 사람들 속에서 한 노파가 그에게 설익은 사과 하나를 내밀었다. 며칠을 굶은 L은 그걸 덥석 받아 물었다. 제대로 씹지도 않고 기침을 해대며 순식간에 사과 한 개를 먹어치운 L은 순간 서러움, 그리고 알 수 없는 안도감이 북받쳐 올라 울음을 터뜨렸다. 길바닥에 주저앉아 섧게 운 지 얼마나 되었을까. 신고를 받고 출동한 두 명의 경찰관이 그의 목에 밧줄을 걸고는 어디론가 개처럼 끌고 갔다. 도착한 곳은 아주 오래된 벽돌 건물로, 음습한 분뇨 냄새가 등천하는 곳이었다. 나중에 알게 되지만, 그곳은 일종의 고아원이었고, L은 이후 그곳에서 10년을 보내게 된다.

L에게 특별한 능력이 있다는 게 밝혀진 건 얼마 후였다. 원생

들

의 텃세와

괴롭힘에 견

디다 못한 L이 결국 다시 한 번 그 능력을

발휘했고, 곧 특수격리대상이 되었다. 보고체계를 거쳐 이 기이

한 소년에 대한 정보가 수도의 총사령부에까지 전해졌고, 수도

에선 사실을 확인하고 이 소년을 관리, 감독할 감찰관을 내려보

냈다. L은 감찰관이 처음 독방으로 들어오던 밤을 잊지 못한다.

검은 장갑을 끼고 발까지 내려오는 긴 외투를 입고 있던 감찰관

은, 수행원들을 모두 내보내고, 독방의 문을 잠갔다. 그러곤 낮

게 떨리는 목소리로 L에게 질문을 하기 시작했다. 기억나는 것

은 모두 알고 싶다며, 그에 대한 모든 것을 차근차근 캐물었다.

동이 트고 하루가 지나 다시 밤이 올 무렵, L은 자신 안에 있는

것을 모두 토해낸 기분이었다. 그리고 감찰관이, 한 번도 본 적

없는 아버지처럼 느껴졌다. L은 마침내 무너져 내려 감찰관의

품에 안겼고, 감찰관은 수고했다며 L의 바지를
벗겼다.

이후 감찰관은 아예 이 도시에 저택을 짓고 살며 가끔
씩 L을 만나러 왔다. 올 때마다 그는 먼 나라의 기이한 책들을 L
에게 선물로 주었다. 그리고 한 가지씩 임무를 맡겼다. 깊은 밤
L을 어디론가 끌고 가면, 그곳엔 항상 제거해야 할 누군가가
있었다. 감찰관은 늘 말했다. "아무런 상처
도, 증거도 남기지 않은 채 일을 마쳐야
한다." "저들은 국가의 적이고, 나와 너의
적이다." L은 감찰관의 말이라면 죽을 각
오도 되어 있었기에 군말 없이 임무
를 수행했다. 그는 적들에게서 때론
시력을 빼앗았고, 때론 기억을 빼앗았
다. 때론 표정을 빼앗았고, 때론 혈관
을 모두 막아 죽음에 이르게 했다.
그렇게 감찰관의 보살핌과 가르침에
보답하며 L은 고아원에서 10년을 보냈고,

스무 살이 되던 날 감찰관은 도시 외곽의 깊은 산속 외딴 곳에 버려진 집을 그에게 선물로 주었다. L은 감격해 어쩔 줄 몰랐다. 감찰관이 말했다.

"넌 이 도시에 없는 인물이다. 내가 부르기 전까진 이곳에서 꼼짝도 하면 안 된다."

L은 그로부터 반년간, 정말 그 집에서 꼼짝도 하지 않았다. 6개월이 되던 날 감찰관이 검은 말 한 마리와 함께 그를 찾아왔다.

"나와 함께 수도의 총사령부에 가야겠다."

그리고 그날부터 L의 지문사냥이 시작됐다.

─❦ **7** ❦─

도시의 총독은 옷을 벗기는 두 소녀의 몸을 훑으며 군침을 흘리고 있었다. 방 안을 가득 채운 이국의 향에 취한 셋이 함께 침대로 쓰러지려는 찰나, 급히 문을 두드리는 소리가 들려왔다.

"각하, 죄송합니다만…"

파자마를 졸라매며 응접실로 나온 총독은 불쾌한 표정을 감추지 않았다. 소파엔 모자를 눌러쓰고 검은 롱코트를 걸친 감찰관이 앉아 있었다. 감찰관과는 몇 년 전 모 인사의 자제 결혼식에서 만난 뒤로 몇 차례 스쳐 안면이 있었다. 총독은 감찰관이 수도로부터 모종의 임무를 위해 파견되었다는 건 알았지만, 정확히 그가 무슨 일을 하는지는 들은 바 없었다. '도대체 총사령부라는 곳은 엉뚱한 일에 돈을 버리는 데 혈안이 돼 있다니까.'

'어쩌면 나를 감시하기 위해 붙인 놈일지도 모르지.' 은근히 불안해진 총독은 맞은편 소파에 앉으며 퉁명스레 내뱉었다.

"거 웬만하면 실내에선 모자 좀 벗지 그러십니까."

감찰관은 무표정한 얼굴로 말을 받았다.

"내가 자네를 찾아온 이유는 말이야."

그러면서 코트 안주머니에서 무언가를 꺼내 탁자 위에 던졌다. 그걸 본 총독의 얼굴이 순식간에 하얗게 질렸다.

J는 오늘따라 이리저리 헤매고 있었다. 폭우가 내리는 이 밤, 빈집을 찾기가 힘들었다. 집집마다 겁에 질린 사람들이 커튼을 치고 숨어 있었고, 간혹 나타나는 빈집들은 모두 이미 한 번씩 거쳐간 곳이었다. 하긴 그러고 보니 요 며칠간 지문을 강탈당해 이송되었다는 소식을 듣지 못했다. 이제 겁이 없거나 소식에 어두워 깊은 밤 도시의 골목을 어슬렁거리는 멍청이는 한 명도 없다는 얘기인가보다. 나만 빼고. 퍼붓는 빗줄기에 오한을 느끼며, J는 아버지에게 배운 대로 침을 뱉고 하늘을 향해 욕하는 것으로 불운을 떨쳐내려 했다. 그때 J의 눈앞에 커다란 저택이 나타났다. 눈을 의심하지 않을 수 없었다. 내가 언제 이 길로 들어

섰지? 이쪽으로는 다시는 오지 않겠다고 맹세했는데. 폭우 속에
조바심에 휩쓸려 나도 모르는 새 이상한 골목을 따라왔나보다.
이 저택이 바로 아버지가 미친개들에게 목숨을 잃은 그곳, 무슨
감찰관인가 하는 자의 저택이었다. 등줄기를 타고 그때의 기억
이 되살아났다. 눈앞이 하얘졌다.

"그곳에 다시 가야 돼."

"미쳤어? 또 취했어? 어제 겨우 살아 나왔는데, 거길 왜 또 들
어가? 털 집이 쎄고 쎘는데."

"다시 가야 돼, 확인할 게 있어."

"아, 제발 술 좀 끊고 정신 차리란 말야!"

목소리들이 머릿속에서 부글부글 끓어 넘치는 듯했다. 정신
을 차리자 자신이 어느새 창살을 넘고 있었다. 내가 미쳤나. 정원
에 발을 딛자마자 되돌아 나가려 했다. 하나 이미 엎질러진 물이
었다. 저 멀리서 사나운 개들이 침을 흘리며 달려오고 있었다.

8

L은 아무도 붙잡지 못했다. 요즘 들어 이렇게 허탕을 치는 일이 잦아졌다. 최근 사흘 동안 지문 하나 빼앗지 못했다. 불안했다. 감찰관의 분노한 얼굴이 자꾸 어른거렸다. 사실 감찰관이 화를 낸 적은 한 번도 없지만, L은 늘 그가 자신을 벌하고 버릴지도 모른다는 걱정을 떨칠 수 없었다. 더욱이 오늘은 그의 저택으로 가는 날이다. 이런 날 아무것도 못했다고 직접 털어놓아야 한다는 건 고문에 가까웠다. L은 말에서 내려 터덕터덕 말과 함께 걸었다. 검은 말 역시 지친 듯 숨을 고르며 무거운 발걸음을 옮겼다. 어느새 빗줄기가 점점 가늘어지고 있었다.

'비 핑계라도 대려 했더니…'

L은 짜증스럽게 길 위의 돌멩이를 걷어찼다. 돌멩이는 멀리 날아가 쨍- 소리를 내며 철문에 부딪혔다. 어느새 감찰관의 저택이었다. 한데 쇠창살 너머로 이상한 광경이 눈에 띄었다. 한 소녀가 세 마리의 사나운 셰퍼드에 둘러싸여 있는 것이다.

총독은 벌린 입을 다물지 못하고 감찰관의 말을 듣고만 있

었다.

"…덫은 준비해놓았네. 이제 끝내는 일만 남았어. 지금 당장
모든 시민을 깨워 횃불과 죽창을 손에 들리게. 사냥을 시
작해야지."

총독은 꿀꺽 침
을 삼키고 다급한 손
짓으로 부관을 불렀다.

L은 혼란스러웠다. 위
기에 몰린 소녀를 구해줘
야겠다는 생각과 동시에, '도대체 저
아이는 어째서 감찰관님의 정원에 들어간 것일까'
하는 의구심이 솟구쳤다. 저택의 무단침입자라면 간
만에 사냥감을 찾은 셈 아닌가. L은 말에 올라 세차
게 박차를 가했다. 말은 질풍같이 달려 철문을 훌
쩍 뛰어넘었다. 일단 세 마리의 셰퍼드를 하나씩

142

날려버렸다. 순식간에 개들이 여기저기 거품을 물고 쓰러졌다. L은 고개를 돌려 소녀를 찾았다. 소녀는 저택의 문으로 뛰어가고 있었다. 웃음이 나왔다.

"살려줬으면 고맙다는 말부터 해야 하는 것 아니야? 물론 이제 그 대가를 받아내겠지만."

J는 눈앞에 나타난 검은 형체를 믿을 수가 없었다. 검은 말 위의 검은 기사. 말로만 듣던 지문사냥꾼의 모습이다. 개들과의 싸움에선 어떻게든 이길 자신이 있었지만, 지문사냥

꾼이라니. 오늘 밤 저주라도 걸린 건가. J는 살길을 찾아 머리를 굴렸다.

'밖으로 나가면 쫓기다 당하고 말 거야. 집 안으로 들어가야 해.'

결정을 내리자마자 그녀는 저택의 문을 향해 튀었다. 어릴 적부터 달리기는 자신 있었다. 지문사냥꾼이 개들을 치느라 정신없는 틈에 문 안으로 들어가야 한다. 겨우 대문에 다다른 순간 저 뒤에서 "이랴!" 하는 외침과 함께 말발굽 소리가 들려왔다. 정신이 아찔해지는 것을 참아내며 문고리를 잡아당겼다. 문은 잠겨 있지 않았다. J는 거실을 두리번거리다 가장 첫 번째 방의 문을 열었고, 곧 다리가 풀려 털썩 주저앉고 말았다. 눈앞에 펼쳐진 광경에 놀라 꼼짝도 할 수 없었다.

✥ 9 ✥

그곳의 천장은 닿을 수 없는 하늘 같았고 사방의 벽은 지평선 너머로 사라질 듯했다. 사냥감을 궁지로 몰았다 생각하고 여유를 부리며 방문을 밀어젖힌 L도 놀라지 않을 수 없었다. 감찰관의 저택 안에 이런 곳이 있었단 말인가? 발밑에 쓰러져 있는 소녀 따윈 눈에 들어오지도 않았다. L의 시선을 붙잡은 건 줄지어서 있는 십자 모양의 말뚝들, 그리고 거기에 거꾸로 매달린 사람들이었다. 그들 주위로 흰 가운을 입고 마스크를 쓴 안경잡이들이 바삐 돌아다니고 있었다. 마스크를 쓴 자들의 손엔 수많은 주사기와 알 수 없는 서류가 들려 있었고, 그 뒤를 난쟁이들이 약통으로 가득 찬 수레를 끌며 좇고 있었다. 그자들은 매달려 있는 사람들의 살갗을 메스로 도려내기도 하고, 온몸에 꽂힌 관을 통해 체액을 뽑아내기도 했다. 끔찍한 고통에 사람들은 비명을 질렀지만, 안경잡이와 난쟁이들에게 그 소리는 들리지 않는 것 같았다. 그렇지 않다면 그토록 태연한 표정으로 그토록 잔인한 짓을 할 수는 없을 것이다. 그들은 모두 누군가의 뜻대로 움직이는 유령처럼 보였다. L은 어찌할 바를 모르고 바라보다가 매달려 있는 사람들의 얼굴이 왠지 낯익다는 것을 깨달았다. 살갗이 붉은 반점으로 뒤덮인 한 소년의 겁에 질린 눈빛을 알아보았을 때 모든 것이 확실해졌다. 매달려 있는 이들은 모두 그동안 자신이 지문을 빼앗은 사람들이었다.

　도시는 비상사태에 돌입했다. 총독의 지시로, 몇 안 남은 군인들이 집집마다 문을 두드리며 사람들의 잠을 깨웠다. 눈을 비비며 집 밖으로 나온 사람들에게 죽창과 활, 횃불 등이 지급됐다. 총독관저 앞의 광장에 영문 모르는 시민들이 가득 차자 마침내 2층 발코니에 총독이 나타났다. 그는 비장한 어조로 연설했다.

　"오늘, 드디어, 우리를 공포로 몰아넣은 그 악마를 찾아냈습니다. 우린 그가 지금 어디 있는지 알고 있고, 그를 잡을 방법 또한 알고 있습니다! 우리의 가족을 파멸로 몰아넣은 악마를 기필코 지옥으로 보내버립시다!!!"

　연설이 끝나자 군중은 아이 어른 할 것 없이 횃불과 죽창을 흔들며 열광했다. 그동안 켜켜이 쌓여왔던 공포심이 증오로 불타오르며 군중을 흥분시켰다. 진창이 된 길 위로 말을 탄 일군의 군인들이 앞장섰고, 그들을 좇아 셀 수 없이 많은 사람들이 달

리기 시작했다. 거대한 무리의 꼬리에 감찰관의 마차가 따르고
있었다.

시내로 들어선 C는 어디로 가야 하나 망설이며 주위를 두리
번거렸다. 지도조차 들고 오지 않은 자신이 바보같이 느껴졌다.
그때 적막에 휩싸여 있던 도시가 서서히 시끄러워지기 시작했
다. 집집마다 사람들이 문을 두드리며 무언가 비밀스러운 얘기
를 옮기고 있었다. C는 영문을 모르고 사람들이 가는 곳으로 뒤
따라갔다. 그들은 도시의 중심에 위치한 광장에 운집했다.
"무슨 일이죠? 나쁜 일이 생겼나요?"
곁의 사람들에게 물어봤지만 아무도 답을 해주지 못했다. 바
로 그때 광장 앞 큰 건물의 2층에 계급이 높은 듯한 군인이 나타
났다. 유약해 보이지만 콧수염만은 멋진 그는 능숙한 솜씨로 군
중을 선동했다. C 주위의 모든 사람이 손에 든 죽창과 횃불을
휘두르며 괴성을 질렀다. C는 이것이 L에 관한 일이라는 것을
알아챘다. 그리고 이 사람들을 따라가기로 결심했다.

느리게 나아가는 마차 뒷자리 감찰관의 옆에 앉은 총독은 아

까 본 것을 잊을 수 없었다. 말로만 듣던 '그분', 총사령관의 증표였다. 작은 구슬, 아니 작은 지구, 아니 작은 우주 안엔 그가 이제까지 본 것과, 볼 것, 보지 못한 것과 영원히 보지 못할 것들이 뒤섞여 있었다. 보는 순간 온몸이 얼어붙는 것 같았다. 평생의 시간을 한순간에 다 살아버린 것 같았다. 두 번 다시 하고 싶지 않은 경험이었다. 감찰관이 '그것'을 가지고 있다는 것은 그가 '그분'의 총애를 받고 있고, 무한한 권력을 승인받았다는 것을 의미했다. 심지어 감찰관이 어쩌면 바로 '그분'일지도 모른다는 조심스러운 추측까지 하고 나자 등골이 오싹해졌다. 아무도 '그분'을 본 적이 없었기에 그 추측은 전혀 허황한 것도 아니었다. 총독은 여하튼 그의 명령을 따를 수밖에 없었다. 그가 지극히 개략적으로만 말해준 지문사냥꾼과 저택의 비밀, 총사령부의 기밀계획 이야기들은, 다시 되새기고 싶지조차 않은 끔찍한 것이었다. 총독은 그런 골치 아픈 일에 연루되고 싶지 않았다. 그저 오늘 밤 명령에 따라 그 모든 것을 활활 타는 불 속에 처넣고, 완전히 끝내버리고 싶을 뿐이었다. 그리고 다시 매일 밤 소녀들의 가슴만 주무르며 살 수 있길 진심으로 바랐다.

J는 정신을 수습하고 뒤를 돌아봤다. 지문사냥꾼이 꼼짝도 하지 않고 서 있었다. 무서웠다. 아버지가 그때 창문 커튼 너머로 언뜻 본 것이 이것이었다면, 다시 돌아와 진실을 확인하고 싶어 했던 것도 당연하다. J는 온몸을 휘감는 충격 속에서도 이제나마 아버지의 행동을 이해할 수 있게 된 것에 감사했다. 하나 감상에 젖기엔 너무도 참혹한 광경이었다.

누군가는 눈알이 뽑히고, 누군가는 손발이 잘린 채로 끔찍한 비명을 지르고 있었다. 마스크 쓴 자들과 난쟁이들은 정말 이상했다. 마치 이 세상 사람이 아닌 것만 같았다. 그들은 J와 지문사냥꾼이 그들의 세계에 침입한 줄도 모르는 듯했고, 시선이 마주친 것 같은데도 전혀 개의치 않았다. J는 일단 여기서 빠져나가고 싶었다. 살금살금 기어 문으로 다가가려는데 지문사냥꾼이 그녀의 뒷덜미를 낚아챘다.

"젠장, 이거 놓으란 말야!"

버둥거리는 그녀를 꽉 붙잡은 채 그는 여전히 방 안의 황량하고 잔혹한 세계를 바라보고 있었다. 그의 표정이 점점 굳어지는 것을 보며 J는 뭔가 더 큰 일이 터지리라는 불길한 예감에 사로잡혔다. 긴 침묵 끝에 이윽고 지문사냥꾼이 뭔가 결심한 듯 몸을 돌렸다. 그리고 정원으로 통하는 문을 무겁게 열어젖혔다.

셀 수 없이 많은 사람들이 손에 횃불과 죽창과 활을 들고 저택을 수백 겹으로 둘러싸고 있었다. 지문사냥꾼이 나타나자 그들은 미친 듯이 환호했다. 그 소리만으로도 저택이 무너져버릴 것 같았다. J는 지문사냥꾼의 손에 뒷덜미가 붙잡힌 채 탄식을 내뱉었다.

"정말 재수 없는 날이군."

10

저택 문에서 검은 형체가 나타나자 군중은 극도로 흥분했다. 그들을 석 달 동안 공포에 떨게 만들었던 악마가 바로 눈앞에 있었다. 듣던 대로 검은 투구에 검은 망토를 걸치고 있긴 했지만, 체구는 그저 평범한 사람의 그것이었다. 거구의 괴물을 상상했던 이들은 다소 실망한 기색을 보일 정도였다. 하나 누구도 경계를 늦추지 않았다. 방심했다간 이제는 다시 만날 수 없는 이웃, 친척들처럼 지문을, 아니 모든 것을 빼앗길 수 있다는 두려움이 팽배했다. 그때 누군가 소리쳤다.

"저기 봐, 저놈의 손에 지금도 어린애가 잡혀 있다!"

공포심을 떨쳐버리려는 듯 사람들은 더욱더 단단히 서로에게 밀착했고, 군인들은 맨 앞줄에 진을 치고 활을 겨누기 시작했다. 화살 끝엔 기름을 잔뜩 먹인 솜뭉치가 달려 있었다. 장교의 구령에 맞춰 소년들이 뛰어다니며 화살 끝에 불을 붙였다. 처형의 순간이 다가오고 있었다.

L은 망연자실하여 군중을 바라보고 있었다. 도시의 시민들이 모두 모인 것 같았다. 밤마다 거리를 달릴 땐 코빼기도 볼 수 없었던 사람들이었다. 어쩌다 하나씩 걸려들면 그의 발밑에 엎드려 목숨을 구걸하던 가련한 족속이었다. 그런 그들이 이렇게 떼로 모이면 언제 그랬냐는 듯 사악하고 공격적인 짐승들로 변하

는 것이다. 그는 이 족속에 대해 잘 알고 있었다. 아주 어릴 적부터 그랬다. 단둘이 있을 때는 친절하게 빵을 잘라주던 녀석도 친구들과 섞이면 그에게 침을 뱉기 일쑤였다. 그는 이 족속을 뼛속 깊이 저주해왔다. 그러나 이런 결말을 원한 것은 분명 아니었다.

C는 사람들 틈을 비집고 나와 지문사냥꾼을 볼 수 있는 앞줄에 힘겹게 도달했다. 거친 숨을 고르던 그녀는 한눈에 지문사냥꾼이 L임을 알아보았다. 투구에 얼굴이 거의 가려져 있었지만, 불안한 고갯짓, 떨리는 어깨는 영락없는 그의 것이었다. 수많은 사람들의 표적이 되어 서 있는 그에게 어릴 적 소년의 모습이 겹쳐졌다. 이 사람들은 한시도 소년을 내버려두지 않는구나.

"L! 나야! 싸우면 안 돼! 네 잘못이 아니잖아! 내가 설명해줄게!"

그녀는 사람들의 함성을 뚫고 자신의 목소리를 L에게 전해보려 했으나 허사였다. 주위의 사내들이 그녀를 거칠게 밀어댔다.

"미친년!"

그녀는 쓰러지지 않기 위해 안간힘을 써야 했다.

군인들의 화살 끝에 불이 붙자 저택은 대낮같이 밝아졌다. 군중 뒤로 임시망루가 세워졌고, 그 위에 총독과 감찰관이 앉아 초유의 사태를 관망하고 있었다. L은 아스라이 멀리 감찰관의 얼굴을 알아보았다. 감찰관은 그를 바라보고 있었다. L의 가슴이 고동치기 시작했다. 온몸에 배어 있는 고통이 되살아와 눈물이 터져나왔다.

"절망하지 않으려 했는데… 나는 결국 이들과 함께할 수 없는가."

고개를 숙이고 눈물 흘리던 그가 마침내 하늘을 바라보았다. 그리고 손에 쥐고 있던 소녀의 옷자락을 놓으며 말했다.

"가라! 너도 나의 처형에 동참해라."

악마의 손에서 소녀가 풀려나자, 군중은 더욱더 열광했다. 이제 희생 없이 악마를 처단할 수 있게 됐다. 그런데 이상했다. 악마의 손에서 벗어난 소녀가 군중을 향해 달려오다가 멈춰 서더니 다시 악마에게로 돌아가는 것이었다. 그러곤 지문사냥꾼의 귀에 무언가 속삭였다. 사람들은 웅성거렸다.

"저년도 악마의 새끼 아닐까?"

"저년도 한패 아닐까?"

그리고 총독의 명령을 압박하듯 일제히 고개를 돌려 망루를 쳐다봤다. 이제 총독도 더 기다릴 이유가 없었다. 그는 곤란한 숙제를 버리는 학생처럼 귀찮다는 듯 손을 올렸다. 도시를 무너뜨릴 듯한 함성이 울려 퍼졌다. 동시에 수백 개의 불화살이 하늘로 날아올랐다.

─≫ 11 ≪─

처음 J는 도망치려 했다. 그러나 그럴 수 없었다. 몇 걸음 못 가 그녀는 뒤를 돌아 지문사냥꾼과 그 뒤의 거대한 저택을 바라보았다. 도망쳐야 하긴 했다. 여기서 어물거리다간 지문사냥꾼과 한패로 몰려 죽임을 당하거나, 산다고 해도 그녀의 정체를 의심하는 사람들에게 시달리게 될 것이다. 그러나 도망칠 수가 없었다. 지문사냥꾼과 저택의 모습 위로 자꾸 아버지의 마지막 얼굴이 어른거렸다. J는 욕을 중얼거리며 다시 지문사냥꾼에게 다가갔다. 그리고 그의 귀에 속삭였다.

"당신이 좋은 사람인지 나쁜 놈인진 모르겠어. 어쨌거나 지금 당신이 죽으면 안 돼. 살아서 나랑 같이 진실을 전해야 하니까. 빈집털이의 말 따위 아무도 믿지 않을 거라구."

그녀를 내려다보는 지문사냥꾼의 입술이 씰룩거렸다. 그가 무언가 말하려고 하는 바로 그 순간, 함성 소리와 함께 불화살들이 하늘로 날아올랐다. 지문사냥꾼은 휘파람으로 말을 불렀다. 쏜살같이 달려온 말 위로 J를 던지며 자신도 뛰어올랐다. 검은 말은 쏟아지는 불화살 속을 내달렸다. 몇 개의 화살이 그들을 스치긴 했으나, 치명적인 타격을 입히진 못했다. 검은 말은 새처럼 훌쩍 날아올라 저택의 창살을 뛰어넘었다. 그리고 우왕좌왕하는 군인들의 어깨와 머리를 딛고 군중의 바다 위에 올라섰다.

사람들은 경악했다. 악마의 말이 사람들의 머리를 디디며 전진하고 있었다. 공포에 질린 이들이 도망치려 몸을 움직여봤으나 너무도 빽빽하게 밀집된 탓에 옴짝달싹할 수 없었다. 한데 악마는 발밑의 사람들에게 관심이 없어 보였다. 그는 오로지 한

곳만 바라보며 앞으로 나아가고 있었다. 총독과 감찰관이 앉아 있는 망루를 향해서였다. 총독은 화들짝 놀라 재빨리 망루 아래로 기어내려가기 시작했다. 하나 감찰관은 다가오는 그를 응시하고 있을 뿐이었다. 몇몇 사람이 죽창을 휘둘렀지만, 지문사냥꾼의 일격에 무력하게 잘려나갔다. 마침내 둘 사이가 가까워지자 감찰관이 양손을 들어 신호를 보냈다. 그의 뒤에서 마치 그림자와 같은 검은 형체들이 앞으로 달려나와 감찰관을 에워쌌다. 그들은 모두 지문사냥꾼과 같은 복장을 하고 있었다.

놀라 멈춰 선 지문사냥꾼에게 감찰관이 싸늘히 말했다.

"네 할 일은 모두 끝났다. 이제 조용히 받아들여. 더 이상 말썽을 일으키지 말고 정리하잔 말이다."

감찰관은 죄를 지은 자식을 바라보는 아비의 눈빛으로 지문사냥꾼을 응시하며 타이르듯 말하고 있었다. 지문사냥꾼 L은 숨을 몰아쉬었다. 그동안 그가 해왔던 모든 일은 오로지 국가를, 아니 감찰관을 위한 것이었다. 그는 그의 사랑을 얻기 위해, 그에게 실망을 끼치지 않기 위해, 매일 밤마다 두려움에 떠는 사람들의 눈빛과 마주쳐야 했다. 그는 그 결과에 대해 생각해본 적이 없었다. 그저 들은 대로 그들이 어디 먼 곳으로 끌려가 국가를 위해 일하고 있겠지라고 생각했을 뿐이다. 지난날 감찰관의 명령으로 제거한 적들 역시, 정말 이 세상에서 사라져야 할만큼 사악한 놈들이라고 생각했을 뿐이었다. 그러나 지금 이 순간, 모든 것이 혼란스러워졌다. 어쩌면 숭고해질 수 있으리라 믿었던 자신의 인생 전체가 한순간에 다시 똥통으로 내던져진기분이었다. 그 기분은 실제 피와 똥으로 뒤범벅이 되었던 어린날과 비교할 수 없을 정도로 처참한 것이었다. L은 나직이 속삭였다.

"내가 할 일이 아직 남아 있는 것 같군요."

그리고 큰 소리로 외치며 소녀 J를 내던졌다.

"이제 인질은 필요 없다!"

던져진 J를 황급히 받아 안는 사람들을 슬쩍 보고, 지문사냥꾼 L은 칼을 뽑아 들었다. 검은 그림자들 역시 같은 칼을 들고감찰관을 지키고 있었다. L은 말에서 뛰어올랐다. 그리고 검은그림자들을 훌쩍 넘어 쏜살같이 감찰관에게 돌진했다. 휘둥그레진 눈빛의 감찰관을 덮친 순간 그의 등뒤로 수십 개의 칼이꽂혔다. 그러나 L은 감찰관을 끌어안고 놓아주지 않았다. 그의

귀에 대고 울부짖었다.

"왜 나를 속였죠. 왜 당신마저 나를 속였죠. 내가 빼앗은 것들을 그들에게 돌려줄 수만 있다면… 왜 내게 그런 힘은 없는 걸까요."

비명을 지르는 감찰관의 얼굴이 점점 뭉개지고 있었다. 혈관과 근육이 뒤섞이고, 팔과 다리가 엉겨붙었다. 검은 그림자들이 지문사냥꾼을 떼어내려고 애썼지만, 그럴수록 둘은 점점 더 한 몸이 되어가는 것 같았다. 피와 살이 튀는 몇 분이 지나고 마침내 감찰관의 몸은 물컹거리는 거대한 고깃덩이가 되었다. 그제야 등에 수십 개의 칼이 꽂힌 지문사냥꾼은 두 팔에 힘을 뺐다. 그리고 망루 아래로 떨어졌다. 망루 아래엔 인파를 헤치고 달려온 C가 있었다. 그녀는 쓰러진 지문사냥꾼을 끌어안았다. 그리고 소리쳤다.

"왜 막지 못했을까… 왜 또 막지 못했을까…"

불덩이같이 뜨거운 L의 체온이 그녀에게 전해졌다. 그녀의 몸도 함께 뜨거워졌다. 검은 그림자들은 고개를 떨군 채 어디론가 사라져갔다.

모두가 말을 잃었다. 소리를 지를 수조차 없었다. 겁에 질린 사람들 중 누구도 지금 눈앞에 벌어진 사태를 어떻게 받아들여야 할지 알지 못했다. 질식할 듯한 침묵 속에서 누군가 외쳤다.

"저택 안으로 들어가봐요! 저 안에서 끔찍한 일이 벌어지고 있어요!"

J였다. 사람들은 의심스러운 눈으로 소녀를 쳐다봤지만, 하나 둘씩 저택 안으로 움직이기 시작했다. 군인들도 그들을 막아야 할지 내버려둬야 할지 알지 못하고 우물쭈물할 뿐이었다. 곧 군중은 함성을 지르며 달리기 시작했다. 그리고 저택으로 들어간 순간, 함성은 통곡과 절규로 바뀌었다. 그들의 가족과 친구들이 거기 있었다. 어딘가로 끌려갔던 사랑하는 사람들이 그곳에서 가죽이 벗겨진 채 거꾸로 매달려 있었다. 알 수 없는 실험을 위한 표본이 되어 있었다. 군중은 이성을 잃었다. 학살이 시작되었다. 흰 가운을 입은 안경잡이들, 그들을 좇던 난쟁이들 모두 죽창을 피할 수 없었다. 사람들은 눈물을 흘리며, 매달려 있는 희생자들을 들쳐업고 저택을 빠져나왔다. 그리고 아직 숨이 붙어 있는 유령같이 생긴 자들을 저택에 가두고 그대로 불을 질렀다. 불은 순식간에 거대한 저택을 뒤덮었다. 그리고 맹렬한 속

도로 타들어가기 시작했다. 저택을 태우는 불길은 며칠이 지나
도록 꺼지지 않았다.

그 후

저택이 다 타고 난 후, 사람들은 그 잔해가 하늘에서 보면 거대한 지문 모양이라고 했다. 호사가들이 지어낸 얘기겠지만, 대부분 곧이곧대로 믿었다. 도시는 이내 평화를 되찾았다. 하나 저택에서 풀려난 사람들의 지문이 되돌아오진 않았다. 그들은 심각한 후유증에 시달리며 하나 둘 목숨을 잃었다. 살아남은 자들도 적응하지 못하고 거리를 배회하기 일쑤였다. 가족들은 처음엔 애타는 마음으로 그들을 간호했으나, 이내 스스로의 고단한 삶에 치여 성가신 환자들을 등한시했다. 자연스럽게 도시엔 저택에서 살아남은 자들이 흘러들어 모여 사는 빈민굴이 만들어졌다. 그들은 구걸로 근근이 생을 이어갈 수밖에 없었다. 아이들끼리도 빈민굴 아이에겐 '저택 출신'이라는 별명을 붙이고 따돌리곤 했다. 도시는 그렇게 저택의 상처를 안고 살아간다.

지문사냥꾼의 시체는 도시 입구로 끌려와 거대한 철탑 위에 매달렸다. 그의 등에 꽂힌 수십 개의 칼 역시 그대로였다. 시체는 도시를 횡단하는 강풍에 바싹 말라 마치 미라같이 보였다. 외지 사람들에게 지문사냥꾼의 시체와 그에 관한 이야기는 큰 흥밋거리였다. 도시 사람들은 지문사냥꾼에 대한 책과 지문사냥꾼을 닮은 조각품을 팔고, 저택의 폐허를 개방하여 적잖은 돈을 벌었지만, 도시의 평화를 파괴하고 씻을 수 없는 상처를 남긴 지문사냥꾼을 절대로 용서할 수 없었다. 해마다 대화재의 그날이 오면, 거대한 철탑 가득 불이 켜졌다. 철탑 꼭대기의 지문사냥꾼은 붉은빛으로 빛났는데, 마치 크리스마스 트리의 별과 같았다.

감찰관이 죽고 난 후, 나라 전체엔 흉흉한 소문이 떠돌았다. 감찰관의 죽음과 동시에 '그분'의 행방이 묘연해졌다는 소문이었다. 여기저기서 권력의 공백을 틈탄 반란의 기미가 보일 무렵, 이 도시의 총독이 수도의 총사령관 자리에 앉았다. 그가 검은 그림자들을 대동하고 '그분'을 상징하는 징표를 갖고 와, '그분'이 자신을 후임으로 임명하고 먼 여행을 떠났다고 주장했다는 것이다. 수도의 관료들은 처음엔 반신반의했지만, 그가 들고 온 구슬이 명백히 '그분'의 것이었기 때문에 결국엔 믿을 수밖에 없었다. 새로운 총사령관은 국가를 더욱 강력한 병영체제로 만들었다. 그러나 밤마다 총사령관의 사저에선 주지육림의 난교 파티가 벌어진다는 소문이 공공연히 떠돌았다. 혹자는 대화재의 날 총독이 감찰관의 호주머니에서 무언가를 꺼내는 것을 봤다고 떠들었지만, 바로 다음 날 실종되었다. 그 후로, 아무도 위대한 총사령관의 권위에 흠집이 날 만한 이야기는 하지 않았다.

　　J는 대화재의 날 이후 사람들 만나는 것을 꺼리다가 사태가 잠잠해진 후 일을 재개했다. 그녀의 기술은 점점 능란해져서 이제는 비어 있지 않은 집마저 터는 경지에 이르렀다. 사람들이 저녁식사를 하는 동안, 그녀는 소리 없이 자신의 일을 마치고 뒷정리까지 깔끔히 해놓고 빠져나오곤 했다. 너무도 완벽한 뒷

정리에 어떤 사람들은 한 달이 지난 뒤에야 자신의 집에 누군가 들어와 무언가를 가져갔다는 걸 깨달을 정도였다. 그렇게 모은 돈으로 J는 자그마한 찻집을 열었고, 아름다운 그녀를 보기 위해 도시의 총각들은 찻집 앞에 줄을 섰다. 그녀는 하루에도 몇 번씩 창밖을 내다보며 깊은 한숨을 쉬곤 했는데, 그 모습에 남자들은 더욱더 애를 태웠다. 먹고살 걱정이 없어졌음에도 불구하고 J는 밤일을 그만두지 않았다. 그녀는 그 일을 통해 누군가를 추억하고 있는 것 같았다.

165   C는 마을로 돌아와 여전히 아이들을 가르치고 있다. 대화재의 그날, 현장에 있었던 유일한 외지 사람으로서, 그녀는 자신의 마을로 돌아오자마자 궁금증의 표적이 됐다. 그녀는 아무 일도 하지 못하고 L이 죽게 내버려졌다는 생각에 심하게 자책을 했지만, 사람들에겐 그런 것이 중요치 않았다. 하루에도 몇 번씩 그날 밤 이야기를 해달라는 아이들의 성화에 C는 수업을 중단하고 이야기를 풀어내야 했다. L이 이 마을 출신이라는 것과, 그녀가 아는 소년이었다는 사실은 밝히지 않았다. 괜한 파문을 경계한 탓이었다. 그 대신 가상의 마을과 가상의 소녀를 등장시

켜 지문사냥꾼의 이야기를 들려주었다. 사람들은 C가 들려주는 이야기를 들으러 먼 곳에서 일부러 방문할 정도였다. C도 점점 재미를 붙여 나중엔 존재하지도 않았던 사실들을 지어내 덧붙이곤 했다. 그러나 그녀가 끝까지 사람들에게 숨기고 있는 것이 또 하나 있었다. 사건 이후 그녀의 배가 점점 불러왔다는 사실이다. 그녀는 겁에 질려 전부터 그녀를 쫓아다니던 동료 교사와 서둘러 결혼식을 올렸고, 아홉 달이 지난 후 예쁜 딸을 낳았다.

S.O.S.

매일 이 시간이면 문 밖 계단이 삐걱거린다. 누군가 위층으로 올라간다. 소리로 미뤄보건대 거대한 덩치의 사내다. 열쇠 소리와 함께 문이 열리고, 몇 마디 웅얼거림이 들리곤, 바로 위층의 침대가 삐걱거리기 시작한다. 나무로 된 천장도 따라 삐걱거린다. 삐걱거림은 점점 빨라진다. 괴성 또한 점점 커진다. 천장이 곧 무너져 내릴 듯 먼지가 우수수 떨어질 때 포획된 짐승의 것과 같은 울부짖음과 함께 삐걱거림이 멈춘다. 잠시 후 위층의 문이 소리를 내며 잠기고 다시 계단이 삐걱거린다. 마지막 삐걱거림이 거대한 철문 밖으로 사내를 따라 빠져나가면 정적이 재빨리 그 흔적을 덮는다.

단단해진 아랫도리를 붙잡고 화장실로 들어선다. 위층 화장실에서도 물소리가 난다. 샤워를 하는 걸까. 샤워하는 그녀를 상상하며 쏟아버린다. 수도꼭지를 돌리려다, 찬물을 틀면 위층의 그녀가 뜨거운 물을 뒤집어쓸 거라는 생각이 든다. 기다리기로 한다. 샤워 소리가 그치길. 30분이 지나도 물소리는 계속된다. 그녀는 어디를 이리 오래 닦고 있을까. 난 욕조에 멍하니 걸터앉아 샤워하는 그녀를 또다시 상상한다. 한 번도 본 적 없는 그녀는 나의 존재를, 이 배려를 알고 있을까.

169

갑자기 쇳소리가 울린다. 땡. 땡. 파이프를 두드리는 소리다. 그녀인가. 귀를 기울인다. 땡. 땡. 나도 칫솔을 들고 수도관을 두드린다. 땡. 땡. 그래요. 나예요. 나. 아래층 남자. 물소리가 뚝 그친다. 땡땡땡땡. 이번엔 빠르다. 나도 응답한다. 땡땡땡땡. 그녀가 나의 존재를 확인했다. 숨죽이고 다음 소리를 기다린다. 애타는 정적을 깨고 다시 쇳소리가 울린다. 때앵. 때앵. 때앵. 땡. 땡. 땡. 때앵. 때앵. 때앵. 마치 음악 같다. 세 번은 길게. 세 번은 짧게. 다시 세 번은 길게. 그녀는 나와 놀이를 즐기고 싶은

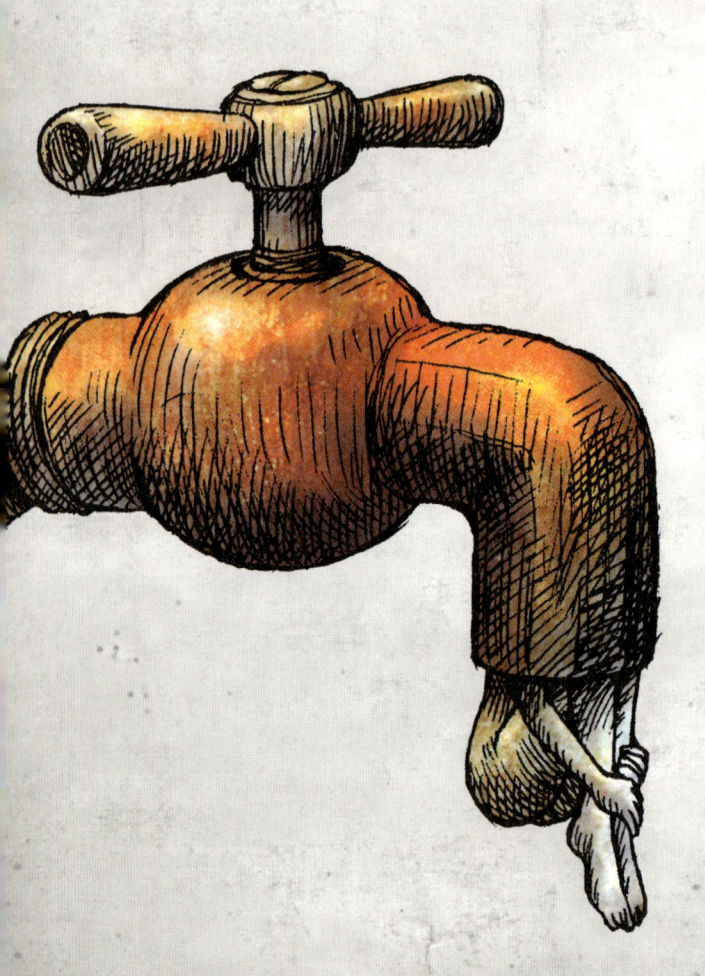

것일까. 나도 응답한다. 세 번은 길게. 세 번은 짧게. 다시 세 번은 길게. 그녀가 다시 같은 박자를 때리고, 나도 곧바로 같은 응답을 보낸다. 그러곤 귀를 기울여보지만, 더 이상 아무 소리도 들리지 않는다.

다음 날도 삐걱거림은 어김없이 찾아온다. 이번엔 비닐봉지에서 병들이 부딪치는 소리와 함께. 그녀가 계단을 내려오는 소리는 들은 적이 없다. 사내가 늘 무언가 가져다준다. 열쇠가 짤랑거리고 문이 끼익 열린다. 몇 번의 고함이 오가고, 무언가 벽에 부딪혀 깨진다. 그리고 다시 천장이 삐걱거린다. 난 떨어지는 먼지를 피해 화장실로 향한다. 그곳에서 소리를 기다린다. 그녀의 샤워 소리를. 나와의 유희를 위한 그파이프 두드리는 소리를. 세 번은 길게. 세 번은 짧게. 다시 세번은 길게.

172

모퉁이를 돌다

모퉁이를 돌다, 쓰러질 듯 아슬아슬 모퉁이
를 돌다, 날카로운 균형에 의지하며 모퉁이를 돌다, 그를
만났다. 그, 조그만 손, 뒤꽁무니에 끌고 다니는 가방, 여전
히 웃고 있던 그의 모습에 넋을 잃어 몇 시간이나 쳐
다보았지만, 그는 사라지지 않고 날 위해 서 있어주었
고, 마치 그림처럼 천천히, 거의 정지한 채로 움직여,
가방을 열어 내게 주려던 편지를 마침내 건넸다. 난 포기한 채
무릎을 꿇었고, 순간 그의 긴 가방은 공기 중에 흩어지고, 틀니
처럼 끼고 다녔던 웃음마저 내게 떠넘겨졌다. 결국, 나의 도주
는 이곳에서 종말을 맞는구나, 고뇌할 여유조차 주지 않는 미로

는 더욱 빠르게, 몇 배의 속도로 그 길목을 변형시키고 있었고, 난 두 다리에 온 힘을 집중하여 겨우 일어선 뒤, 웃음을 만면에 머금으며 새로운 모퉁이를 향해 발걸음을 옮겼으나, 천 근이 뒤에서 잡아끄는 것 같아 돌아보니, 내 꽁무니에 날 때부터 그랬던 듯 굳건한 가방이 매여 있었다. 그때, 혹시 그가 가방 속으로 들어와버린 것은 아닐까 생각이 들자, 공포가 엄습해왔고, 동시에 허겁지겁 편지를 뜯고는, 그 짧은 명령에 절망하였다.

"살라."

독讀서書삼三매昧

그녀는 정원의 흔들의자에 앉아 책을 읽고 있다. 난 늦잠에서 깨어 눈을 비비며 부엌으로 가 물을 마시고, 그녀를 찾던 중이다. 그녀의 뒷모습이 보인다. 긴 머리카락이 의자 등받이를 뒤덮고 있다. 의자는 끄덕거리다 멈추고, 잠시 후 잊었었다는 듯이 다시 끄덕거린다. 난 조용히 정원 쪽의 창문을 미끄러뜨린다. 아무 소리도 나지 않는다. 장난기가 동한다. 몰래 다가가 깜짝 놀래주리라.

정원의 초록색 공기를 밀어내며 한 걸음씩 내디딘다. 두 손을 공중에 휘저으며 마치 헤엄을 치듯 앞으로 나아간다. 사뿐히 딛는 발밑엔 꽃잎이 겹겹이다. 세 걸음이면 닿을 듯하던 그녀는 점점 더 멀어지는 것만 같다. 힘겹게 걷고 걷고 또 걷고 난 뒤에야 겨우 그녀의 뒤에 다다른다. 숨을 참느라 눈앞이 어질거린다. 그래도 정원엔 삐걱거리는 흔들의자 소리만 울려 퍼지고 있다.

한줄기 바람이 불어온다. 그녀의 머리카락이 날려 내 얼굴을 간지럽힌다. 짙은 향기에 정신이 아득해진다. 이젠 그만 그녀의 어깨를 치고 한바탕 자지러지게 웃고는 이 유치한 장난을 끝내고 싶다. 하지만 움직일 수가 없다. 목소리를 낼 수도 없다. 정원 안의 공기가 점점 찐득찐득해지고 난 옴짝달싹하지 못한다. 손가락 하나를 움직이는 데도 온몸의 힘을 모아야 한다. 가까스로 고개를 숙이고 그녀를 내려다본다. 흔들의자마저 움직임을 멈췄고, 그녀는 페이지도 넘기지 않은 채 한 줄만 뚫어져라 바라보고 있다.

'그녀는 정원의 흔들의자에 앉아 책을 읽고 있다.'

난 그저 그녀를 깜짝 놀라게 해주고 싶었던 것뿐인데. 그녀가

비명을 지르며 내 품에 안겨 가슴을 두드려주길 원했던 것뿐인데. 그녀는 이미 책 속에 빠져 있고, 책은 우리를 봉인해버렸다. 서투른 장난은 때를 놓쳤고, 억지로 몸을 움직이면 그녀가 유리처럼 깨져 쏟아져 내릴 것 같다. 언제까지 여기 서 있어야 하는 걸까. 그녀는 언제쯤 책 읽기를 그치고 뒤돌아 나를 찾게 될까. 한낮의 태양은 잔혹하게 내리쬐고, 그녀의 독서는 영원히 계속된다.

피아노

몇 년 전 홍수에 피아노가 떠내려왔어요
어찌 된 영문인지 둥실둥실 떠내려온 피아노를
밧줄로 냅다 묶어 마루에 닦아놓았어요

건반 뚜껑을 열어보니
이빨 빠진 아이처럼
두 개가 비었어요
첫날엔 분명 C5와 F#2가 빠져 있었는데
둘째 날엔 G#3과 B4가 빠져 있었어요
알고 보니 매일매일 제멋대로 표정을 바꾸지 뭐예요
검은 것 하나 흰 것 하나씩 비워놓고
여든여섯 지들끼리 자리바꿈하며 키득거렸어요

185   정말로 그랬다니까요
어느 날 아침 체르니 연습곡을 치고 있는데
똑같은 곳을 세 번째 틀리고 나니 또 키득거리는 거예요
그러고는 약을 올리듯
내가 틀린 곳만 연이어 세 번을 짚어주더군요
이렇게 치는 거란다 하는 듯이 말예요
저절로 움직이는 건반에 놀라
또 너무도 맑게 울리는 소리에 화가 나
뚜껑을 꽝 닫고 나니까

그제야 풀이 죽어 조용해졌어요

하루는 비틀스의 〈렛잇비〉를 멋들어지게 치기 시작하자
피아노가 따라 부르기 시작했어요
음정도 잘 맞지 않는 소리로 투박하게
'렛잇비 렛잇비…'를 주워섬기는 데야
반주를 할 맘이 싹 가시더라구요
심지어 노래 부르느라 정신이 팔렸는지
나중엔 누르는 건반 중 열에 서넛은 소리가 안 났어요
나 원 참 정말 이렇게 무책임한 악기라면
반성할 필요가 있지 않겠어요?

그래서 그로부터 몇 달 동안
먼지만 뒤집어쓰고 있도록 내버려뒀죠
한참 뒤 어느 초겨울 밤
살금살금 다가가 가만히 뚜껑을 열었을 때
아마 피아노는 자고 있었던가봐요
희고 검은 건반은 아주 차가웠고

숨결에 따라 파르르 떨리고 있었거든요
난 놀래켜줄 생각으로 '콰콰과 쾅!'
베토벤 5번 교향곡의 1악장 주제로 어퍼컷을 먹였죠
피아노는 깜짝 놀라
처음엔 당황한 듯 우왕좌왕했지만
금방 정신을 차리고 슬며시 음악을 주고받기 시작했어요
우리는 그날 밤새도록
서로의 토라짐을 부끄러워하고
서로의 가슴을 용서로 어루만지며

시간 가는 줄도 모르고
음악 속으로 빠져들었어요

그 이후로 피아노는
나의 가장 친한 친구가 되었어요
우린 둘이 같이 곡을 짓기도 한답니다
이를테면
내가 첫 몇 마디의 주제를 만들면
곧바로 피아노가 화음을 입히고

다시 내가 그 다음으로 나가는 식으로 말예요
피아노와 함께 쓴 곡이라 말하면
정신나간 사람이라고들 할까봐
한 번도 얘기한 적 없지만
이제껏 내가 지은 곡들은 거의 다
피아노와의 공동작품이에요

하나 이 글을 읽은 모든 분들은
이 얘기 아무한테도 하지 마세요
비밀이 새어나가면 욕심 많은 누군가가
한밤중에 침입해서 피아노를 가져갈지도 모른다구요
사실 내가 제일 무서워하는 건
바로 그거예요
어느 날
처음에 내게 왔던 것처럼 홀연히
나의 피아노가 어디론가 가버리면 어떡하죠

글 쓰는 이적

김영하_소설가

나는 국가보안법상의 '이적단체 구성죄'가 서슬 시퍼렇던 시절
에 대학을 다녔다. 둘 이상만 모여도 집회고 집회는 허가를 얻어
야 한다는 집회및시위에관한법률도 있었다. 도로나 인도에서 차
마의 통행을 방해하는 시위를 하면 도로교통법에도 저촉되었다.
큰 소리로 구호를 외치면 고성방가 어쩌구 하는 경범죄였다. 하여
간 그런 시절이었으니 '이적'이라는 말이 곱게 들릴 리가 없었다.
적을 이롭게 한다는 뜻의 이적(利敵)은 딱히 적을 이롭게 하지 않
아도 적용되었다. 결과적으로 적을 이롭게만 하면 되었다. 예를
들어 적의 적(예를 들어 전두환 정권이라든가)을 공격하는 것도 이적
이었다. 이 사회의 모순을 비판하다가 북한의 '통일전선전술'에

자기도 모르게 휘말려 들어도, 결과적으로 이적이었다. "이 놈의 세상 한번 뒤집어져야 돼!"라고 술 먹고 소리쳐도 이적이었다. 쉬운 말로 표현됐을 뿐, 바꿔 말하면 '자본주의 모순이 극에 달한 남조선에 사회주의 혁명이 필요하다'는 말로 이해하는 분들이 꼭 있었다. 그런 시대를 살아온 나로서는 설마 '이적'이라는 이름의 가수가 등장할 줄은 정말 몰랐다. 그것은 '국보법'이라는 이름의 사법시험 합격자를 만난다거나 '조폭'이라는 이름의 자선사업가를 만날 때와 비슷한 정도의 충격이었다.

어쨌든 그런 가수가 등장했다는 풍문을 멀리서 들었을 때의 솔직한 심정은, '오호, 이 친구 말장난을 좋아하겠는데!'라는 것이었다. 문제의 그 '적'자가 피리 적(笛)자라고 주장하고 그룹의 이름을 '패닉'이라고 붙였을 때, 나의 심증은 굳어졌다. 말장난을 좋아한다는 말은 곧 언어에 대한 관심이 지대하리라는 뜻이었고, 훗날 생각해보면 그 예감은 별로 틀리지 않았다.

CD를 자세히 살펴보니 작곡도 하고 작사도 하는 친구였는데, 그 중에서도 작사는 말 그대로 언어의 영역이고 더 정확히는 시적인 영역이라고 봐야하겠지만 이상하게 이적이 만든 가사들에선 산문적 충동이 강하게 느껴졌다. 그쯤에서 또 한 번의 넘겨짚음. '아, 이 친구, 이야기를 좋아하는군!' 그 후에 발표한 곡들에서도 그의 이야기 충동은 곳곳에서 발견된다. 동화나 우화를 빌려오기도 하고 그것에 대해 논평을 가하기도 한다(이를테면 〈해피엔딩〉?).

그 후로 세월이 많이 흘렀다. 그리고 지난 해, 문제의 그 인물, 이 책의 저자(가 되리라고는 전혀 생각할 수 없었던 바로 그 가수)를 처음 만났다. 그는 새로운 프로그램을 맡았고 나는 초대 손님이었다. 막상 만나본 그는 전혀 가수 같지 않았고(가수에 대한 나의 선입견을 용서하시라) 그렇다고 이야기 충동에 사로잡힌 떠벌이 같지도 않았다(문학판에는 많이 있는, 아니 사실은 내가 그렇다). 그는 그저 차분하고 안정된, 곱게 잘 자란 전형적인 서울내기처럼 보였다. 폭발적인 가창력이나 이야기책에 코를 파묻은 독서광 같은 이미지는 전혀 없었다. '어라, 생각보다 멀쩡한걸. 보아하니 마약이나 과속, 난교와는 거리가 멀어 보여. 흥미로운 인물이니 좀더 관찰해보자'고 생각했었다. 그것 때문은 아니었지만 나는 오밤중에 하는 그 프로그램에 고정 게스트가 되어 매주 금요일에 나가 청취자들이 보내온 고민을 상담하는, 팔자에도 없는 일을 그와 함께 하게 되었다. 그렇게 오래 한 것은 아니었지만 하는 동안 서로에 대해 좀 더 잘 알게 되(었다고 믿게 되)었다. 술도 몇 차례 마시고 공연에도 가보고 그러면서 나는 나름대로 그를 이렇게 정의하게 되었다.

'노력하는 피터팬'

그가 유난히 동안(童顔)이라서 하는 말은 아니다. 피터팬이란 누구인가. 영원히 늙지 않는, 어린이들의 친구가 아닌가. 그의 음악이 아동용이라는 뜻이 아니다. 그가 제 정신의 지하실 어딘가에 피터팬을 감춰두고 있다는 뜻에서 하는 말이다. 그렇지만 지상에서는 멀쩡한 얼굴로 음반을 계약하고 방송국 주차장에 차를 주차시키고 방송심의위원회의 심의규정을 어기지 않으면서 방송을 한다. 그렇게 오래 살면 우리의 피터팬들은 다른 어린이들을 찾아 떠나가 버린다. 그런데 이적의 피터팬은 아직도 떠나가지 못한 것으로 보인다. 도대체 무엇이 이적을 그 말랑말랑하고 부드러운 세계에 묶어두고 있는 것일까. 그 비밀이 바로 이 책에 있다고 나는 생각한다. 그가 틈틈이 써서 자기 홈페이지에 올리고 굳이 '이 글은 퍼가지 말아주세요'라고 말할 때, 누구라도 그가 출판을 염두에 두고 있음을 짐작했을 것이다. 그런데 그는 오랫동안 책으로 묶어내기를 주저해왔다. 그러나 곡을 쓰고 공연을 하는 틈틈이 이 글들을 써온 것도 사실이다. 무엇이 이 글들을 쓰게 하면서도 책으로 내는 것은 주저하게 만들었을까. 어쩌면 여기에 그의 내면의 그 어떤 비밀이 숨어 있기 때문이라고 나는 앞질러 짐작한다.

이를테면 그는 귓속으로 들어갈 만큼 작아지는 인간을 상상하

194

고 잃어버린 우산들이 꿈꾸는, 비가 내리지 않는 이상향을 생각한다. 하나같이 현실과는 거리가 먼, 환상적인 이야기들은 한편으론 그의 어릴 적 독서취향을 짐작케 하면서 동시에 그가 여전히 붙들고자 하는 것이 무엇인가를 보여준다. 음악과 이야기. 이것이야말로 어린 이적을 사로잡았던 것이고 지금까지도 놓지 못하는 두 가지가 아닐까.

그를 사회학도로 여기는 사람은 없겠지만 어쨌든 그는 사회학도다. 그를 피터팬으로 믿고 싶은 사람도 있겠으나 어느새 그는 30대에 접어든 병역필의 남성이다. 대부분이 그를 가수로 생각할 때, 그는 조용히 자신의 골방에서 이런 기괴한 상상들을 글로 옮기고 있었다. 진정한 그는 그 각각의 양자 사이, 어딘가에서 배회하고 있을 것이다. 그 양자의 갈등 혹은 공모가 그의 음악과 이야기를 빚어내는 것은 아닐까.

이 책에 실린 글들은 우리나라의 문학적 전통에서는 쉽게 발견하기 어려운 글들이다. 오히려 18, 19세기 유럽의 고딕풍 환상문학에서 그 연원을 찾아야할 글들이다. 노래하는 이적, 그 잔상을 지우고 읽어도 그 자체로 재미난 글들이며 그 상상력의 기괴함과 능청스러움에 사뭇 놀라게 된다. 역시 글이란 장인적 훈련으로 쓰는 것이 아니라 내면에 숨어 있는 괴물이 대신 써주는 것이 아닌가 싶다.

　적을 돕는 일을 이적 행위라 부른다면 이적을 돕는 행위는 뭐라고 불러야할까. 이이적 행위? 같은 음이 이어지니 잘못 들으면 똑같이 이적 행위로 들릴 것이다. 오늘의 이적 행위는 여기서 끝내기로 하자. 앞으로도 이적이 내면의 피터팬과 잘 어울려 살아가기를 진심으로 빈다. 늙어서는 안 되는 직업도 있는 것이다.

후 後 주 奏

피리笛

1

〈멋지다! 마사루〉의 작가 우스타 교스케의 만화,
〈삐리리~불어봐! 재규어〉의 주인공 재규어는 피리를 붑니다.
말하자면, '피리 부는-어린왕자 코스튬의-마사루'라고나 할까요.
재규어는 피리로 일렉트릭 기타를 능가하는
파워풀한 사운드를 뽑어냅니다.
때로는 같은 피리로 스테이크도 만들어내지만요.;;

2

옛 독일 하멜른의 '피리 부는 사나이' 전설에서
사나이는 쥐떼를 몰아내는 데 성공하지만
약속한 대가를 지불받지 못하자
역시 피리를 불며 마을의 아이들을 이끌고
어디론가 사라집니다.
다리를 저는 소년 한 명만 그들을 쫓아가지 못해
마을에 남겨집니다.
그 피리 소리는 사이렌의 노랫소리처럼
거부할 수 없는 것이었겠죠.

3

어린 시절 송창식 님을 좋아하시던 아버지 덕에
〈피리 부는 사나이〉 노래를 자주 들을 수 있었죠.
구성진 가락의 노래 가사는 이렇습니다.
"나는 피리 부는 사나이, 바람 따라 가는 떠돌이
멋진 피리 하나 들고 다닌다
모진 비바람을 맞아도 거센 눈보라가 닥쳐도
은빛 피리 하나 물고서 언제나 웃고 다닌다
갈 길 멀어 우는 철부지 새야,
나의 피리 소리 들으려므나
필리리 필리리~"

4

신라의 문무왕은 죽어서 해룡이 되고,
김유신은 죽어 천신이 되었는데
이들이 용을 시켜 동해의 한 섬에 대나무를 보냈답니다.
이 대나무를 꺾어 피리를 만드니
그것이 '만파식적(萬波息笛)' 입니다.
이 피리를 불면, 적병이 섬멸되고, 질병이 낫고,
풍랑이 잦아들며,
나라의 근심걱정이 모두 사라졌다고 합니다.

그리스에 신들이 살던 시절, 판(Pan)이라는 들판의 신이 있었다죠.
이 신은 못생긴데다가 난폭하고 님프들을 희롱하는 것을 즐겨
이 신이 나타나기만 하면 모두들
공포에 질리곤(panic) 했답니다.
한데 이런 망나니에게도 재주가 하나 있었으니
피리를 기가 막히게 잘 불었다죠.
피리 소리에 넋을 잃고 있던 이들이 몹쓸 짓을 당할 정도로요.
그래서 아직도 피리들 이름에
'팬파이프pan-pipe'니 '팬플루트pan-flute'니,
이 양반 이름이 남아 있는 거라는군요.
(여담이지만, 나중에 피리 부는 판과 리라 켜는 아폴론이 경연을 벌였는데
딱 한 사람이 "판이 더 훌륭하다" 하였고,
이에 격노한 아폴론이 "네 귀는 당나귀 귀더냐!"라며
그 귀를 진짜 당나귀 귀로 만들었는데
그 사람이 일전에 '만지기만 하면
모든 게 황금이 되는 손'까지 가졌던 우여곡절 많은 임금 미다스라네요.
유일하게 비밀을 안 그의 이발사가 답답증을 참지 못해 땅에 구멍을 파고
"임금님 귀는 당나귀 귀!!"를 외쳤는데
나중에 그 위에 갈대숲이 생겨 바람이 불 때마다 비밀을 속삭였다죠.
그 갈대를 꺾어 피리를 만들어 불었다면 또 어땠을까요?)

6

나의 음악적 원체험은
학교 끝나고 집에 돌아오는 길에 피리(리코더)를 들고
〈개구리 왕눈이〉의 주제가와
왕눈이 풀피리 테마를 불던 것이었죠.
초등학교 1학년 땐가 2학년 땐가.
친구들이 뒤를 따르며,
"우와, 그거 어떻게 부는 거야?" 깔깔댔고
난 어깨를 으쓱하며 계속 피리를 불었더랬죠.
그들이 나의 최초의 청중이었고,
그것이 나의 최초의 공연이었습니다.

7

내 이름은 적입니다.
'피리 적(笛)'입니다.
나는 피리 부는 사나이고 싶습니다.